मुहर

रोली के रोज़गार की कहानियाँ

युवान बुक्स

अनबाउंड स्क्रिप्ट का उपक्रम

मुहर : रोली के रोज़गार की कहानियाँ

प्रथम संस्करण : जनवरी, 2026

ISBN : 978-93-47125-65-2

प्रकाशक : अनबाउंड स्क्रिप्ट
2/41, अंसारी रोड,
दरियागंज, दिल्ली - 110002
वेबसाइट : www.unboundscript.com
ई-मेल : books@unboundscript.com
फोन : 011- 35807601

MUHAR
Written by Chandan Pandey
Illustrated *by* Mahesh Verma

मुद्रक : यश प्रिंटोग्राफ़िक्स, नोएडा, उ.प्र.

मूल्य : ₹ 199/-

मुहर

रोली के रोज़गार की कहानियाँ

चन्दन पाण्डेय

युवान बुक्स

हमारे अंधकाराच्छन्न जीवन में
विचरता है
मनोहर सौम्य तेजोमय मनीषी एक!!

(मुक्तिबोध की इन पंक्तियों को मेरे जीवन में संभव करने वाले प्रिय महेश वर्मा को यह किताब समर्पित करता हूँ।)

अनुक्रम

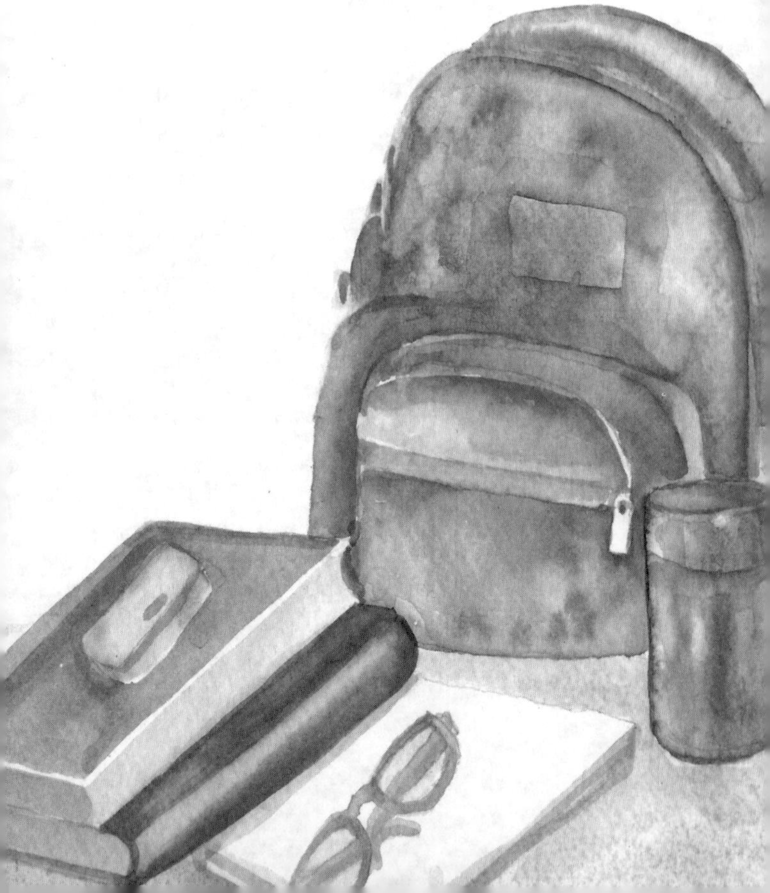

निर्भय पद

दफ़्तर से निकलने का साम्प्रत समय हो, आपने निकलने की सारी तैयारी कर ली, घर पहुँचकर क्या पकाना है का उम्दा ख़याल बरस रहा हो कि अचानक नया काम आ जाए। तत्काल की श्रेणी वाला काम। आपकी प्रतिक्रिया क्या रहेगी?

रोज़ाना का नियम हो चुका है। रात के साढ़े आठ बजे नहीं कि उसके सुपरवाईज़र कोई नया काम उसे सौंप देंगे। अक्सर, वह दिन की सबसे महत्वपूर्ण ख़बर होती है, जिसके बिना अख़बार प्रिंट तक में नहीं जा सकता। अख़बार के ख़रीददारों के सामने जाने का तो ख़याल ही जाने दें।

... और फिर वह ख़बरें रोली के ज़हन में किसी कलाइडोस्कोप की तरह तैरने लगीं जो ख़ुद उसने उन वक़्तों में लिखी थीं जिन्हें उसे दफ़्तर छोड़ने के ऐन वक़्त पर लिखने के लिए कहा गया था...छेड़खानी... दुपट्टे का पल्लू... फ़ुहश गालियाँ... चलती बस...

रोली अपनी आत्मा पर किसी सुनहले भ्रम की मक्खी नहीं बैठने देती और समर उठा लेती है। अपना सारा काम ख़त्म करने और इस नई ज़िम्मेदारी के मिलने के बीच ख़ासा समय ख़ाली गुज़रता है। जैसे दूसरे अपना काम पूरा कर समय पर घर चले जाते हैं, रोली नहीं जा सकती। इसलिए, दरमियाने के समय में देश के नक्शे से उलझी रहती है। फ़ोटोशॉप पर नक्शे को डाल उसका भरपूर सम्पादन करती है। जैसे स्वयं प्रकृति या सत्ता ने उसे अपना क़िरदार सौंपा हो।

मसलन, आज रोली ने बंगाल की खाड़ी को उठा कर (कट–कॉपी–पेस्ट) राजस्थान और गुजरात के बीच रख दिया।

हुआ क्या कि भारत माता का दाहिना अलंग ज़रा तिकोना ज़रूर हुआ था पर रोली को विश्वास था कि रेत में डूबे लोग कुछ देर अथाह अपार जल देखेंगे। तरावट उनकी आँखों में उतर आएगी और जिस किसी में तैरने का गुर होगा वो दो-चार हाथ आज़मा भी लेगा। और रेगिस्तानी लोगों के पास समुद्र का परस पाने की मोहलत भी उतनी ही होगी, जितनी देर में सम्पादक उसे कठिन और ज़रूरी काम सौंप न दें।

आज अकस्मात् मिले काम के रूप में रोली को दिल्ली सरकार का एक ज्ञापन मिला है जिसमें ख़बर का पुट भी है। निर्भया के बलात्कार और निर्मम हत्या के बाद, दिल्ली में महिलाओं की पुरुषों के बीच अत्याधिक 'सुरक्षित' स्थिति को देखते हुए दिल्ली सरकार ने ज्ञापन जारी किया है जिसमें सरकारी और निजी संस्थानों से अपील दर्ज है कि दफ़्तरों में कार्यशील महिलाओं को शाम के सात बजे से पहले

छुट्टी दे दी जाए– अगर इन संस्थानों के पास अपने कर्मचारियों को ले आने ले जाने की समुचित व्यवस्था न हो तो।

अधेड़, अधीर सम्पादक के कमरे में पाँच जने विमर्शरत थे कि इससे आधे पेज की बुलेटिन बनाई जाए या पूरा पन्ना ख़र्च करें। प्रदीप जी भी थे। सम्पादक सुखपाल से उनका समझदार याराना था। प्रदीप जी करता-धर्ता हैं, फ़ैसले लेते हैं। रूतबा है। लोग उन्हें देखते ही राह छोड़ खड़े हो जाते हैं। पत्रकारिता के क्षेत्र में विशद अनुभव– इतना विशाल अनुभव कि बाल के साथ आत्मा भी सफ़ेद कर डाली। इक्की-दुक्की नियुक्तियाँ ही ऐसी होती हैं जिसकी उम्मीदवारी से प्रदीप साहब परिचित न हों। जैसे रोली की नियुक्ति। प्रदीप साहब को सचमुच नहीं पता था कि ये कहाँ से आई है?

तय हुआ- रोली इसे ख़बर के साँचे में ढाले और तीसरे पन्ने पर दिल्ली में स्त्री सुरक्षा के कुछ नायाब उदाहरण रखने होंगे। संपादकों को यह रास नहीं आ रहा था कि आधी आबादी और कुछ समझदार 'गद्दार' पुरुष समूची पुरुष जाति के विरुद्ध माहौल तैयार कर रहे थे।

रोली को यह ख़बर क़बाहत लगी। परेशान हुई। एक तो उसे सरदर्द शुरू हो गया था और दूसरा, वह जानती थी कि इस ख़बर को बनाने में बहुत समय लगने वाला है। परेशानी रंचभर ही रही क्योंकि मदद की चिड़िया प्रत्याशा के बाहर थी। इन दिनों दफ़्तर से निकलते–न निकलते साढ़े नौ बज जाते हैं। उसने अपील को दुबारा-तिबारा पढ़ा। इसे ख़बर के साँचे में ढालना कठिन है।

रोली की हँसी भी बीच-बीच में छूट जा रही थी। उसके अपने दफ़्तर में कार्यरत स्त्रियों का दफ़्तर से छूटने का न कोई समय है न कोई कैब सुविधा। कहने को आठ बजे का नियम है। उसने सोचा प्रदीप से पूछे कि क्या यह अपने दफ़्तर पर भी लागू होगा? लेकिन मन ही मन पूछ कर जाने दिया। मन ही मन जवाब भी सोच लिया। मन ही मन सवाल-जवाब करते हुए ख़बर बना लिया। सम्पादक उस ख़बर में कोई ग़लती न पाकर बड़ा तिलमिलाया। गाली देने का एक मौक़ा यह लड़की नहीं देती। सम्पादक बेचारा ख़ूब परेशान होने की मुद्रा में इसकी लिखी खबरें पढ़ता है ताकि बेसाख़्ता गाली देने की बेचारी मोहलत निकाल ले और बाद में जीभ काटकर क्षमा माँग ले।

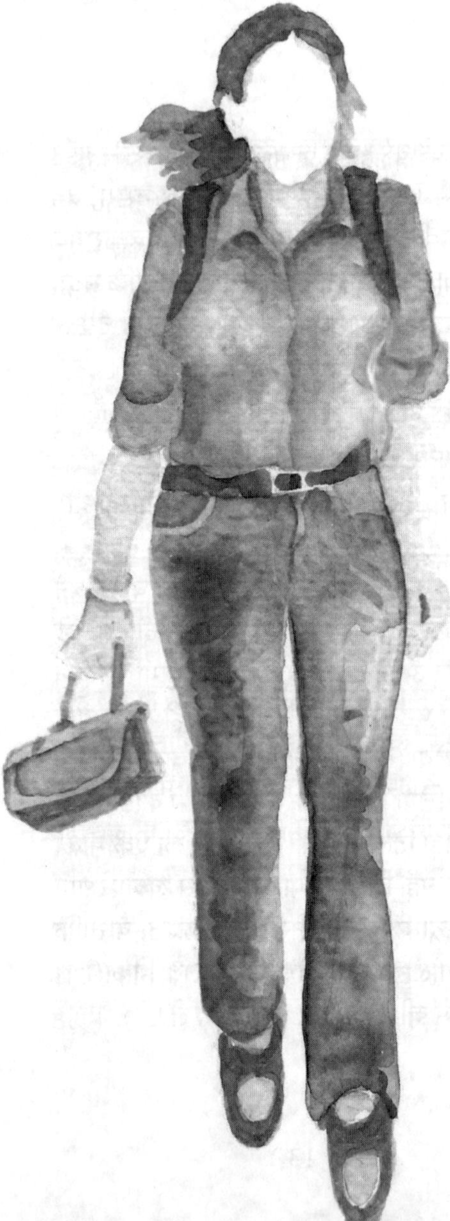

उसने ख़बर बनाई कि दिल्ली सरकार का आदेश है: दफ़्तरों से स्त्रियाँ सात बजे घर जाया करेंगी, वरना घर पहुँचाने का इंतजाम दफ़्तर किया करेगा, और ख़ुद आज के दिन, ठीक उसी दिन जिस दिन यह ख़बर बनाई, जो अगली सुबह तीसरे पन्ने पर छपने वाली थी; रात के दस बजे दफ़्तर से छूटी। दफ़्तर के चपरासी को छोड़कर किसी ने उसे जाते हुए नहीं देखा। दफ़्तर के चपरासी को छोड़ किसी ने उससे नहीं पूछा, कैसे जाओगी? निर्भया हत्याकांड की स्मृति इतनी नई और डरावनी थी कि चपरासी के पूछने मात्र से रोली के मन में वह सारा घटनाक्रम दौड़ गया।

उसका सरदर्द बढ़ गया था। दफ़्तर से मेट्रो स्टेशन आते हुए उसने हाथों से अपना थैला टटोला और कुछ दवाइयों के बीच जब दवा का एक पत्ता उसकी उँगलियों में चुभा तब वह समझ गई कि 'डिस्प्रिन' है। कई बार उसके साथ ऐसा हुआ है कि अगर वह जान ले कि उसके पास डिस्प्रिन की गोली है तब उसका सरदर्द जाने लगता है। दरअसल जब वह दवा की मौजूदगी को जान लेने के बाद इत्मीनान

से हो जाती है कि जब दर्द बे-तहाशा हो जाएगा तभी वह पानी के ग्लास में डिस्प्रिन की दो गोलियों को घुलने छोड़ देगी। भीषण दर्द में भी उसे यह दृश्य भाता है। एक हाथ से माथे के उस हिस्से को दाबे जहाँ दर्द अत्यधिक होता है वह शीशे के ग्लास में डिस्प्रिन को घोलना शुरू कर देती है। दवा की गोली ऊपर से ग्लास में डालने के साथ वह अपनी आँखें पारदर्शी ग्लास के सामने रख उन दोनों गोलियों को फूटते, घुलते देखती है। गोलियाँ पहले नीचे आती हैं और फिर पल भर से भी कम समय में वे कहीं बीच में ही रुक जाती हैं क्योंकि उनके उजले कण फैल चुके होते हैं। बुलबुले की तरह ऊपर भागते हैं लेकिन पानी उन्हें रोकता है। जब वह उस ग्लास को मुँह से लगाती है तब चाहती है कि वह स्वाद देर तक रहे। दवाइयों की दुनिया में डिस्प्रिन का अनुभूत स्वाद उन्हें कभी नहीं भूलता जिनका जीवन सिरदर्द से घिरा होता है।

आख़िरी मेट्रो मिली। वह हाँफते-हूँफते चल रही थी। यमुना पुल के पास देर तक रुकी रही। रोली अपने फ़ोन में गुम थी, वह सायास ख़ुद को दाएँ-बाएँ देखने से बचा रही थी। उसे डर था कि कहीं ऐसा

नज़ारा न दिखे जिसमें पूरी बोगी में वही इकलौती स्त्री हो। बीच-बीच में आती मेट्रो उद्घोषिका की आवाज़ को उसने कल्पना से विस्तार दिया और मान लिया था कि मेट्रो में उसके अलावा भी कोई स्त्री है... और फिर वह ख़बरें रोली के ज़हन में किसी कलाइडोस्कोप की तरह तैरने लगीं जो ख़ुद उसने उन वक़्तों में लिखी थीं जिन्हें उससे दफ़्तर छोड़ने के ऐन वक़्त पर लिखने के लिए कहा गया था...छेड़खानी का विरोध करने...दुपट्टे का पल्लू खींचकर...फ़ुहश गालियों के विरोध में लड़की ने ...बस से उतरने के लिए गिड़गिड़ाती...

जब वह लक्ष्मी नगर स्टेशन पर उतरने को हुई तब उसने भय के रहस्य को समझने हेतु एक निगाह अपने आस-पास और फिर दूर और फिर दूसरी बोगी में डाली। पाया कि कुल बीस-बाईस लोग दिख रहे थे– सब अपने और अपने ग़मों में डूबे। गाड़ी का सन्नाटा गाड़ी से कहीं अधिक शोर कर रहा था।

लक्ष्मी नगर आकर भी उसने आदतन ऑटोरिक्शा नहीं लिया। बस खड़ी थी। वह बस में चढ़ी और दरवाज़े के पास वाली जगह पर बैठ गई। बस में जितने कर्मचारीनुमा थे उनसे कम सवारियाँ थीं। रात ग्यारह से कम कुछ नहीं बज रहा था और साथ ही बज रहा था उस बस में एक भोजपुरी गाना। रोली आजकल के भोजपुरी गाने नहीं सुन पाती, उसे लगता रहता है कि ये गाने कम और भोजपुरी का अपमान अधिक हैं। यही कुछ पल होते हैं जब उसे अपनी भोजपुरिया पहचान याद आती है, कोई साथ रहे तो इन गायकों को भला-बुरा कहती है। आज कोई साथ नहीं था इसलिए उसने खलासी को आवाज़ लगाई और कहा, आवाज़ कम कर दो।

खलासी अपनी जगह पर बैठा था, भोजपुरी गीत ने रोली की आवाज़ को लपक लिया था इसलिए शायद उस तक न पहुँची हो लेकिन चंद सवारियाँ जिन्हें डूबती रात ने ग़मज़दा आगोश में ले लिया था, वे चौंके थे। बस रुकी हुई थी, सवारियों के इंतज़ार में कम, उस इंतज़ार की आदत के कारण अधिक यह बस रुकी हुई थी।

गाना बदला। आवाज़ उतनी ही रही। ड्राईवर आया और इंजन चालू करने लगा। यह वह वक़्त होता है जब बसों में बजता गीत थोड़ी देर के लिए थमता है। पल दो पल के लिए। इसी मोहलत को रोली ने मुफ़ीद पाया और खलासी से फिर कहा, बाजे की आवाज़ कम कर देना।

इंजन की घरघराहट को अपने भीतर उतारते हुए खलासी ने पीछे देखा, उठा, कुछ इस तरह उठा जैसे अपनी आँखों से वह पूरी बस को टांग लेना चाहता हो। उसके उठने का अंदाज़ ही शक्ति प्रदर्शन का अंदाज़ था। उधर गीत का बजना शुरू हो चुका था जिसमें मनोज तिवारी कुछ द्विअर्थी शब्दों को कानफोड़ू संगीत और आवाज़ की अश्लील भंगिमा से एक अर्थ देने पर तुला हुआ था। खलासी रोली को देखे जा रहा था। पाँच-छः सेकेण्ड तक नज़र को रोली के चेहरे पर जमाए रखने के बाद जब उसे लगा कि उसका यह सन्देश भली-भाँति उस युवती तक पहुँच गया है तब उसने पैंतरा बदला और इस तरह पेश आने लगा जैसे बस चलने के बाद सवारियों के टिकट काटने के लिए उठा हो।

रोली के अलावा जो इक्के-दुक्के लोग बस में बैठे थे उन्होंने अपने फुटकर पैसे निकालने शुरू कर दिए थे। रोली को यह हरकत नागवार गुज़री थी। रात की नीरव शान्ति को भंग करने के लिए जैसे पवन सिंह के गीत कम हों कि ड्रायवर हॉर्न भी बजाए जा रहा था। उसने रफ़्तार इतनी अधिक कर रखी थी कि हॉर्न बजाना उसकी मजबूरी भी हो सकती थी लेकिन इतनी अधिक रफ़्तार की कोई आवश्यकता नहीं थी।

टिकट काटने वाला रोली के ठीक सामने आ खड़ा हुआ था और हाथ बढ़ा दिया। जैसे यह उम्मीद हो कि बस में चलने वाली युवती ख़ुद अपने गंतव्य का नाम मन में सोचे और ख़ुद ही किराया बताए और फिर ख़ुद ही उसे निकालकर इसे दे दे। रोली ने ऐसा ही किया। दस का एक नोट उसके हाथ में रखा और तब उस टिकट काटने वाले ने उससे पूछा, कहाँ? रोली ने जवाब में दो बातें कहीं। जहाँ उतरना था उस जगह का नाम बताया और आग्रह वाले लहजे में कहा था कि आवाज़ क्यों नहीं कम कर रहे हो।

वह आदमी चलते हुए बस ड्राईवर के पास तक गया जिसके सर के ऊपर वाले हिस्से में बाजे का वह

हिस्सा था जिसमें सीडी लगाते हैं या आवाज़ को ऊंचा नीचा करते हैं। ऊपर हाथ बढाया और फिर रोली की तरफ़ देखा। रोली की तरफ़ देखने के बाद उसने आवाज़ बढ़ा दिया और पूछा, ठीक?

रोली को एक निर्दोष ख़याल आया कि हो न हो ग़लत समझ गया है, उसने इधर से तेज़ आवाज़ में कहा, ताकि उस आदमी को सुनाई दे, कम करना है। दाहिने हाथ के अंगूठे और तर्जनी को घुमाकर बताया जिससे एहसास हो कि वह किसी काल्पनिक बाजे की आवाज़ कम कर रही है।

उस आदमी ने जो टिकट काटना छोड़कर आवाज़ कम करने के लिए पहुँचा था फिर आवाज़ को बढ़ा दिया। इतनी तेज़ आवाज़ कि बस की सीटें, दीवालें हिलने लगी थीं लेकिन उसने फिर पूछा और इस बार इशारे से पूछा, और कम?

रोली समझ चुकी थी।

रात के बारह बजने वाले होंगे और रोली समझ चुकी थी कि वह जीवन और मृत्यु के बीच चुनाव वाले मुहाने पर आ चुकी है। उसे बस वालों से अधिक दफ़्तर के हरामज़ादों की याद आई जो उसके जैसे मामूली कर्मचारी से अपना बदला साधते हैं और आए दिन दफ़्तर से निकलने के समय में हेराफेरी कर देते हैं। रोली को एक लड़की याद आई जो इन्हीं-किन्हीं बस वालों से घिरकर, तड़पकर अपनी जान दे चुकी थी।

वह ऊपर की रेलिंग पकड़कर चलते हुए दरवाज़े के निचले पायदान पर आ खड़ी हुई। उसने तय कर लिया था कि बस नहीं रुकी तो वह छलांग लगा देगी। बस वाला ड्रायवर, उसके टिकट काटने वाले, खलासी सब जानते थे कि भय की संरचना क्या होती

है। उनके डी एन ए में था कि किस तरह एक अकेली स्त्री को डराना संभव है।

उन्होंने बस रोक दी। रोली बस से उतर गयी। उतर कर वहीं खड़ी हो गई। एक दूसरी चीज़ भी वहीं खड़ी रही- वह बस। आवाज़ तेज़ थी। बस के भीतर सवारियाँ एक चुप हज़ार चुप थीं। बस के दाहिने हिस्से की एक खिड़की से चंद क्रूर आँखें उसे देखे जा रही थीं। रोली जानती थी कि वे बस वाले क्या चाहते हैं। वे चाहते थे कि रोली एक कोई ग़लती कर दे, मसलन ग़ुस्से की आग में बस के टायर को पैर से ठोकर मार दे या बस की लोहे वाली दीवार पर हाथ मार दे या कांच फोड़ दे, हरकत कोई ऐसी कर दे जो इन्हें बुरी लग जाए और..और फिर वह ख़बरें रोली के

ज़हन में किसी कलाइडोस्कोप की तरह तैरने लगीं जो ख़ुद उसने उन वक़्तों में लिखी थीं जिन्हें उससे दफ़्तर छोड़ने के ऐन वक़्त पर लिखने के लिए कहा गया था...छेड़खानी का विरोध करने के कारण लड़की को मनचलों ने अगवा कर दिया...दुपट्टे का पल्लू खींचकर लड़की को सड़क पर पटका और अपराधियों ने कार में उठा लिया...फ़ुहश गालियों के विरोध में लड़की ने पत्थर चलाया और फिर अपराधियों ने लड़की को कार में खींच लिया, लैंगिक अत्याचार किए और चार घंटे बाद सोनीपत की सीमा पर लड़की को फेंककर भागे...बस से उतरने के लिए गिड़गिड़ाती रही थी निर्भया लेकिन हैवानों ने हैवानियत की सारी हदें पार कर दीं...

वे कथित अत्याचार जो दिल्ली की सड़कों, दिल्ली के घरों में हुए थे और उन्हें लिखते हुए रोली की उँगलियाँ ज़रा काँप जाती रही थीं उन्हीं उँगलियों से अपना सिर थामें वह सड़क पर बैठ गई थी, उन्हीं उँगलियों से उसने अपना फ़ोन निकाला और फिर वापस अपने पर्स में उस फ़ोन को रख दिया। वह किसी को फ़ोन नहीं करना चाहती थी। उसे एकबारगी लगा कि सुबह तक ज़िन्दा रह गई तो इस घटना को ख़बर की तरह नहीं बल्कि इस्तीफ़े की तरह लिखेगी। सुबह तक ज़िन्दा रहने के मर्मान्तक प्रश्न ने उसके भीतर किसी ऊर्जा का संचार किया, वह उठी और सड़क से नीचे उतर गयी। वह भयभीत थी। वह जानती थी कि इन पुरुषों को अगर लग गया कि वह साहसी होने का परिचय दे रही है तो शायद इस निर्भीकता को भी वे अपने अहम् पर चोट समझ लें और बस को पीछे करते हुए कुचल डालें। एक स्वतंत्र स्त्री का अस्तित्व लोगों को यों भी नाराज़ कर सकता है, बिना वजह। वह जानती थी कि उसके भीतर भी डर का भण्डार है। वह भी भयभीत होती है। वह इस अंदाज़ में निर्भय नहीं है कि भय उसे छूकर नहीं गया बल्कि उसकी निर्भीकता में भय के अनेक संचयन हैं और उनसे पार दिखता जीवन है।

वह पीछे चलती जा रही थी। सामने एक अनजान गली थी, जो अनजान से अधिक सुनसान थी, उसे देखकर लगा कि वह चाहे तो भाग सकती है। उसने गली में जाना मुनासिब नहीं समझा। बस उसे एक अंतिम उपाय की तरह दिमाग़ में बिठाया और वहाँ से तेज़-तेज़ चलना, फिर दौड़ना शुरू किया। बहुत देर तक दौड़ा नहीं जा सकता था इसलिए कम देर तक दौड़ती रही और पाया कि 'मदर डेयरी' पहुँच गयी है। पलट कर देखा तो पाया कि बस वहीं ठहरी हुई है लेकिन थोड़ी देर बाद वह बस आगे बढ़ने लगी थी।

वह घड़ी देखने का साहस भी नहीं कर पा रही थी। एक अफ़सोस बार-बार साल रहा था कि काश लक्ष्मी नगर से ऑटो रिक्शा ले लिया होता। जिन जगहों पर हम हर रोज़ आते-जाते हैं वह उतना भयभीत नहीं करती जितनी कि उसमें संभावना छुपी होती है, शायद इसी वजह से रोज़ की तरह उसने बस ली थी। जब बस चली गयी और उसके लाल डिपर शहर के अँधेरे में खो गए तब उसने घर की तरफ़ चलना शुरू किया। दो सवा दो किलोमीटर की यात्रा में उसे कौन मिल जाएगा, कितने कुत्ते मिल जाएँगे, कितने अपराधी, कितने हत्यारे, कितने हैवान मिल जाएँगे, इसकी

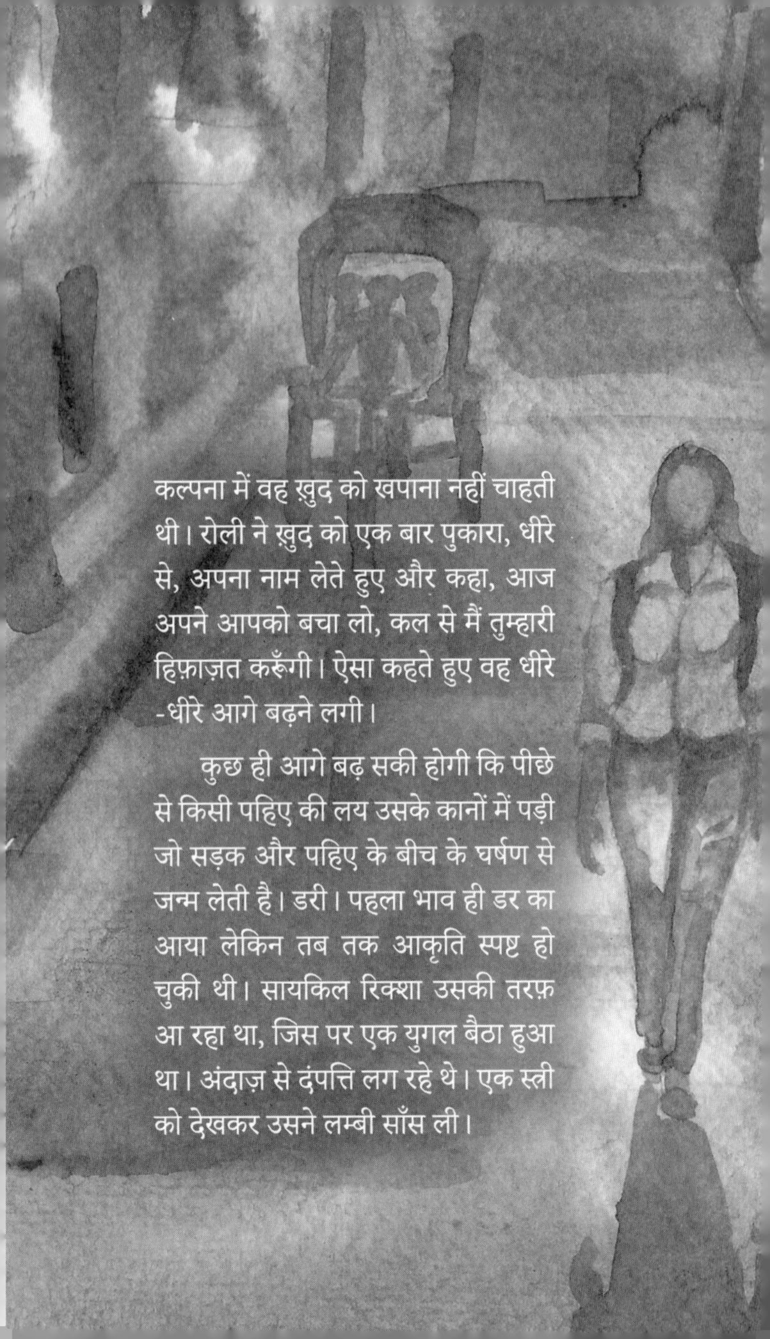

कल्पना में वह ख़ुद को खपाना नहीं चाहती थी। रोली ने ख़ुद को एक बार पुकारा, धीरे से, अपना नाम लेते हुए और कहा, आज अपने आपको बचा लो, कल से मैं तुम्हारी हिफ़ाज़त करूँगी। ऐसा कहते हुए वह धीरे -धीरे आगे बढ़ने लगी।

कुछ ही आगे बढ़ सकी होगी कि पीछे से किसी पहिए की लय उसके कानों में पड़ी जो सड़क और पहिए के बीच के घर्षण से जन्म लेती है। डरी। पहला भाव ही डर का आया लेकिन तब तक आकृति स्पष्ट हो चुकी थी। सायकिल रिक्शा उसकी तरफ़ आ रहा था, जिस पर एक युगल बैठा हुआ था। अंदाज़ से दंपत्ति लग रहे थे। एक स्त्री को देखकर उसने लम्बी साँस ली।

रिक्शा तेज़ चलता जा रहा था और उस पर बैठी स्त्री ने रोली को देखा। पीछे पलट कर रोली को देखने लगी और उसका साथी भी स्त्री के देखने की दिशा में देखने लगा था।

थोड़ी दूर, सौ सवा सौ कदम आगे जाकर वह रिक्शा रुक गया। वह दम्पत्ति नीचे उतर आए थे। रिक्शेवाला भी पैडल रोककर नीचे उतरा। वह दम्पत्ति कुछ आगे बढ़कर रोली की तरफ़ आया और दोनों ने साथ पूछा- क्या तुम किसी मुश्किल में हो?

रोली की शारीरिक और मानसिक थकान ने उसकी आवाज़ को बाँध लिया था। बोल नहीं फूटे। वह जो मौत और अत्याचार की सीमा तक जाकर लौट रही थी, कहती भी तो क्या कहती? इसलिए अफ़सोस की हँसी के साथ हाथों को उठाया और इस तरह घुटनों तक लाई कि जैसे कह रही हो, क्या कहूँ?

एक-दो लम्हे के दौरान उसने कहा, थोड़ी दूर ही पर घर है। बस वाले ने मदर डेयरी पर उतार दिया था। वह दम्पत्ति इतना भला था कि कुछ भी नहीं पूछा। यह भी नहीं कि कौन-से लोग हैं जो स्त्री को इतनी रात गए दफ़्तर से छोड़ते हैं? यह भी नहीं कि ब्याह क्यों नहीं कर लेती? यह भी नहीं कि दोस्त कहाँ है?

पुरुष ने रिक्शेवाले को कुछ समझाया लेकिन रिक्शेवाले की शारीरिक भाषा से लग रहा था कि वह पहले से तैयार था। उसने इन तीनों को अपने रिक्शे पर बिठाया। रिक्शा चलने लगा। रोली चाहती थी कि स्त्री को गले लगा ले लेकिन वे लोग साँसत में बैठे थे। रिक्शे पर तीन वयस्क लोगों का बैठना कठिन है।

रोली ने हँसते हुए पूछा, क्या मैं आप लोगों को धन्यवाद कह सकती हूँ?

तीनों ने कहा और आश्चर्य कि एक साथ कहा, अरे!

अन्दर गली में जहाँ किराए का उसका कमरा था, वहाँ तक वह युगल उसे छोड़ने आया था। जब वह अन्दर चली गयी तब भी वे दोनों वहीं खड़े थे। उन्होंने चाभी लगाने की आवाज़ सुनी। इतना सुनसान था कि स्त्री ने तो बत्ती का स्विच दबाने की आवाज़ भी सुनी। ऊपर जाकर वह बालकनी तक आई और फिर दोनों ने हाथ हिलाते हुए रोली को इशारे मात्र से विदा कहा।

ऐब भी करने का हुनर चाहिए

सितम्बर की तीखी मिर्च जैसी धूप सनी दोपहर थी। बस स्टैंड से अख़बार के दफ़्तर पहुँचते न पहुँचते रोली का चेहरा झाँवा हो गया था। लू इतनी तेज़ चल रही थी जैसे रोली के कन्धे से टंगा बैग छीन कर भाग जाना चाहती हो। अख़बार की ऊंची इमारत के साए में रोली ने अपने दम बराबर किए, बैग से पानी की बोतल निकाली, जिसका पानी गुनगुना हो चुका था, गला तर किया, बोतल के निचले हिस्से को आँखों से लगाया इस उम्मीद से कि कुछ ठंडक पहुँचेगी और लिफ़्ट की ओर चली आई। पर मैडम रोली की गर्वीली मुद्रा यह कि उन्हें लगा - सूरज को इस घमंडी

और उत्पाती गर्मी के लिए डाँट पड़नी चाहिए।

रिसेप्शनिस्ट ने अनसुनी अंग्रेज़ी में बताया, यहीं इंतज़ार करें। कोई जवाब रोली के सुन्दर मुँह

से फूटता कि उसके पहले ही उसका फ़ोन बॉब डेलन की आवाज़ में गाने लगा- “डोंट थिंक ट्वाईस इट्स ऑल राईट..।” पापा का फ़ोन था। उन्हें बताया, लंच के लिए बाहर निकली हूँ।

रोली के घर परिवार वाले वाक़िफ़ नहीं हैं कि पिछले पाँच महीने से रोली बेरोज़गार है। उनके लिए वह अब भी ऑफ़िस जाती है, आती है, हर महीने तनख्वाह उठाती है। रोली ने उन्हें नहीं बताया है। वह किसी कविता या सिनेमा की नायिका नहीं जो किसी भी मुश्किल से बाहर निकल आएगी। इसलिए स्वयं को घर की मुश्किल से बचाती है। रोली के हालिया स्थिति के मालूम होने भर की देर है और घर वाले वही पुरानी धुन बजाने लगेंगे- शादी कर लो, नौकरी में क्या रखा है, घर आ जाओ। पर रोली पिछले पाँच महीने से उन्हें यही बताती आई है कि उसकी नौकरी चल रही है।

ज़रा ठहर कर वॉशरूम की ओर गई, पानी के छींटे अपने चेहरे पर मारे और आईने में ख़ुद को यों देखा जैसे कोई दूसरा उसे देख रहा हो। वह ‘दूसरा’ उसके बाल देख रहा था जिसे रोली ने उंगलियों से

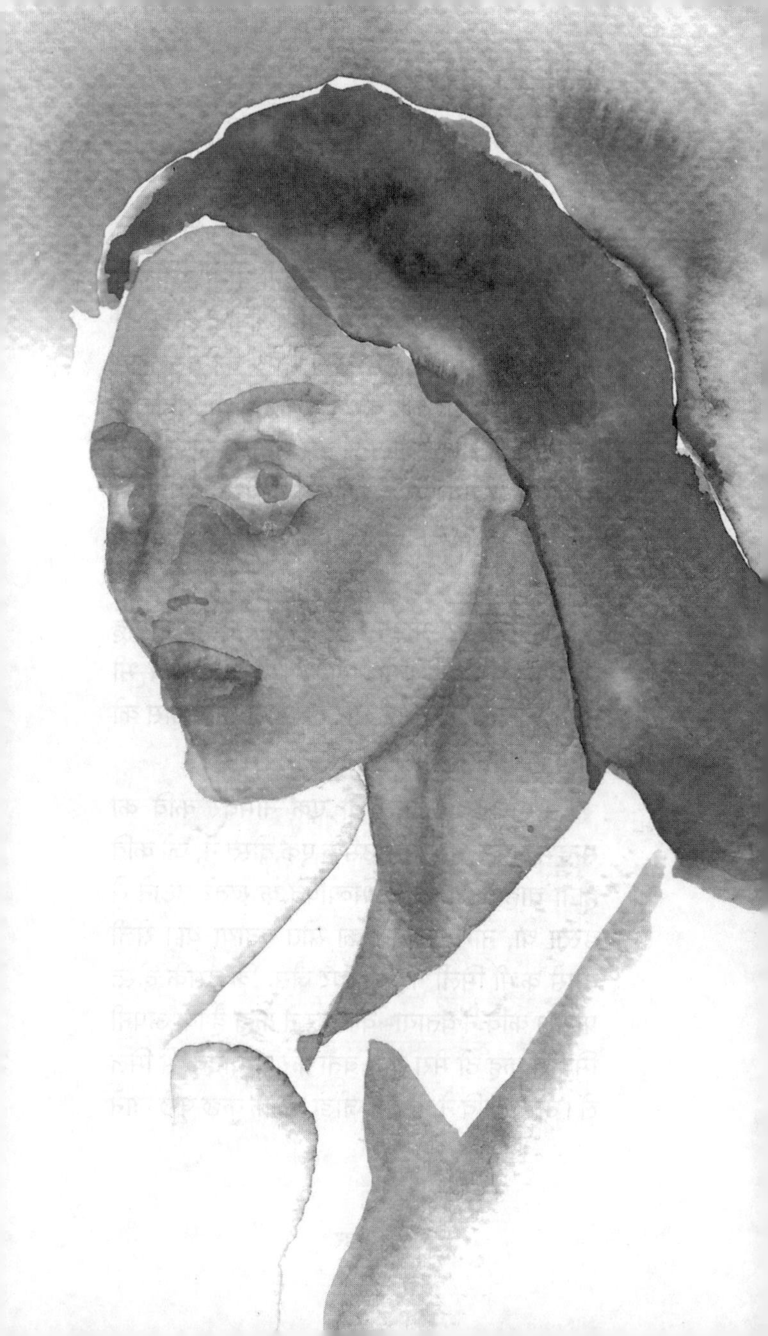

सही किया। किसी तीसरे की निगाह उसकी आँखो पर ठहर सकती थी इसलिए अपनी दोनों हथेलियों को जोड़ एक कटोरा बनाया, उस अनोखे कटोरे में पानी भरा, इस कटोरे से पानी समय की तरह रिस रहा था और रोली कुछ कर नहीं पा रही थी, यहाँ तक कि समय का पीछा भी नहीं, इस ख़याल पर रोली का मन डबडबा गया पर हथेली की कटोरी के पानी में एक एक कर के दोनों आँखे डुबाए रखीं, कुछ ठंडक पहुँची।

आख़िरकार आईने में ख़ुद को ख़ुद की निगाह से देखा। वह बनी ठनी नहीं थी पर उससे कम भी नहीं थी। ज़रा मुस्कुराई और अपने आत्मविश्वास को दोनों हाथों से सहेजा।

सम्पादक के पास वो एक नामवर कवि का सन्दर्भ लेकर आई थी। उसके एक दोस्त ने, जो कवि होना चाहता था पर अभिव्यक्ति के ख़तरे उठाने से डरता था, नामवर कवि का स्रोत बताया था। रोली उनसे कभी मिली नहीं थी पर जैसा कि उसके दोस्त प्रशिक्षु कवि ने बताया- कविवर ने कहा है कि अपनी मित्र से कह दो मेरा नाम बता कर सम्पादक से मिल लें। दोस्त कवि ने यह भी जोड़ा था कि कुछ पूछे जाने

पर यही बताना है, तुम नामचीन कवि को सीधे तौर पर जानती हो।

क्या ईलाही माजरा था कि सम्पादक ने पहला सवाल यही पूछा: तुम इस सुकवि को कैसे जानती हो? रोली के जवाब के पीछे कोई प्रतिबद्ध ईमानदारी या उच्चतर नैतिकताबोध का सबक नहीं था, एक सहजता थी, जो हर उस इंसान में होती है जो अपनी शर्तों पर बने रहने की कोशिश करता है : मेरा परिचय उनसे नहीं है। एक मित्र ने उनसे कहा था।

रोली के इस जवाब पर सम्पादक ने राहत की साँस ली। पत्रकारिता, सम्बन्ध बनाए रखने का ही नया नाम है, इस सूत्र को वे गाँठ की तरह पूजते थे। पूछा- पिछली नौकरी क्यों छोड़ दी आपने, रोली जी? और फिर रोली के बायोडाटा पर जर्फ़ निगाह डाली और ख़ुद में बोलते हुए कहा : हाँ, रोली, यही नाम है ना आपका?

नाम में ऐसा बहुत कुछ रखा होता है जिसे बयान नहीं किया जा सकता। नौकरी के सवाल पर रोली ने 'रेडीमेड' जवाब दिया : मैं पत्रकारिता की मुख्यधारा से जुड़ना चाहती हूँ। सम्पादक ने सोचने

की मुद्रा धरी, पूछा- और ये मुख्यधारा क्या होती है? पर उन्हें लगा कि अपने सवाल पर वे ख़ुद फँस जाएँगे इसलिए सवाल बदल दिया- तो आप आर्थिक समाचारों में रुचि रखती हैं? इसका विस्तृत जवाब रोली के बायोडाटा पर लिखा हुआ था, इसलिए रोली ने सिर्फ़ सर डुलाया और कमरे में इतना सन्नाटा था कि उसका सर डुलाना भी 'हाँ' की आवाज़ में बजता लगा था।

आगे की सारी गिटपिट हिन्दी अख़बार के उस सम्पादक ने अंग्रेज़ी में शुरु कर दी। रोली अंग्रेज़ी की जानकार है। व्याकरण पर उसकी रवानगी है। इन दिनों जब से उसका काम छूटा है, वह अंग्रेज़ी से हिन्दी के छिटपुट अनुवाद ही करती रही है पर बोलचाल की उसकी अंग्रेज़ी रवाँ-दवाँ नहीं थी। उसके बोले हुए वाक्य टूट जाते थे और तुर्रा यह कि अंग्रेज़ी बोलना उसे ज़रूरी भी नहीं लगता था। जिन दफ़्तरों, कॉलेजों में अपना समय उसने बिताया था, वहाँ हिन्दी की बहार थी और अंग्रेज़ी बस एक भाषा के बतौर पढ़ी जाती थी।

सम्पादक ने बाजाब्ता पूछा- सो, यू डोंट नो स्पोकेन इंग्लिश? रोली को ऐसे सवालात की उम्मीद नहीं थी। फिर भी उसने क्या ही ख़ूब जवाब दिया- आई डू नो न्यू मदर टंग ऑफ माई नेशन, बट फॉर्चुनेटली ऑर अनफॉर्चुनेटली आई अम नॉट सो फ्लूएंट विद इट। इफ इट एट ऑल रिक्वायर्ड, आई कैन अपॉलॉजाईज़ फॉर दैट। रोली के वाक्य सुघड़ थे पर बात वही कि आवाज़ टूट रही थी, जो हिन्दी बोलते हुए अविरल रहती है।

इस हाज़िरजबावी पर सम्पादक ज़रा मुस्कुराए। पत्रकारिता की दुनिया में वे रमे थे इसलिए अब उनकी समझ में आ रहा था कि इन मोहतरमा की नौकरियाँ क्यों जाती रही हैं? शिक्षा में विलम्ब की बात पर रोली ने बताया: गाँव से शहर आना सिर्फ़ निर्णय नहीं, चयन का भी मामला होता है। उसे पत्रकारिता को अपना क्षेत्र बनाना है, इस निर्णय तक पहुँचने में रोली को दो साल लग गए थे।

उन्होंने रोली का बायोडाटा फिर उठा लिया। जो सब कुछ उसमें लिखा था उसे वो बोल बोल कर पढ़ रहे थे और रोली से उसकी दरयाफ़्त कर रहे थे, जैसे

रोली किसी और का बायोडाटा लेकर चली आई हो। रोली से पुन: पूछा- रोली, यही नाम है ना आपका?

उन्होंने रोली से कई सवाल पूछे पर उनमें से एक भी सवाल अर्थतंत्र से जुड़ा नहीं था। रोली की महारत, जबकि, आर्थिक खबरों पर ही थी। जो सवाल वे पूछ रहे थे, उनसे रोली परिचित थी पर वे शब्द कहीं बहुत दूर चले गए मालूम पड़ रहे थे जिनके मायने उसे खुल नहीं पा रहे थे। मसलन, एक सवाल उन्होंने रूसी क्रांति पर पूछा। रोली ने इतिहास जिम्मेदार विद्यार्थी की तरह पढ़ा था पर अरसा बीत चुका था और सटीक याद करने के लिए दुहराव की ज़रूरत थी। उसे अर्थछायाएँ याद थीं पर अर्थ नहीं।

रोली सारे जवाब दे तो रही थी पर बार बार कह रही थी कि उससे कुछ सवाल अर्थजगत से पूछे जाएँ। शायद सम्पादक की गति आर्थिक मोर्चे पर कमजोर थी या जाने क्या कारण था कि उन्होंने सवालों का मोर्चा बेहद अनुमानित विषय 'साहित्य' की ओर कर दिया। कौन कौन से कवि पसन्द हैं? रोली ने शमशेर और आलोक धन्वा का नाम लिया। उस कवि का नाम नहीं लिया जिन्होंने उसे भेजा था। ना जाने रोली के जवाब में ऐसा क्या था कि सम्पादक

बुरा मान गए। वे शायद किन्हीं दूसरे कवियों के नाम सुनना चाहते थे जो उन्हें पसन्द हों या उनकी समझ के खाँचे में फिट बैठते हों।

रोली के इस जवाब पर उनका तंज स्पष्ट हो गया था- तुम शमशेर को समझ भी पाती हो या किसी सामान्य ज्ञान की किताब से नाम याद कर लिया है? अपने इस सवाल को सम्पादक ने ऐसी हँसी में लपेट दिया जिसे चालू भाषा में 'खुले दिल की हँसी' कहा जाता है। रोली ने इस सवाल का कोई जवाब नहीं दिया।

अगला सवाल बेधक था। जबकि बायोडाटा में स्पष्ट लिखा हुआ था फिर भी उन महाशय ने रोली से पूछा: तुम पच्चीस वर्ष की हो? हो सकता है, सम्पादक अपनी समझ की जमा पूँजी के अनुसार कोई महान प्रश्न पूछ रहे हों पर रोली को इस सवाल की उम्मीद नहीं थी। रोली को लू लगने लगी थी। आँखों को फिर से ठंडे पानी की ज़रूरत महसूस हुई। पर उनका सवाल बढ़ता गया- तुम पच्चीस वर्ष की हो और अभी तक नौकरी की ढंग से शुरुआत भी नहीं कर पाई? डोंट माईंड प्लीज़, बट इट्स पैथेटिक।

सम्पादक ने घंटी बजाई और महिला सहकर्मी को बुला भेजने का आदेश चपरासी को दिया।

महिला सहकर्मी ने इन सबका अभिवादन किया। सम्पादक ने उस लड़की को वहीं खड़ा कर लिया और रोली से कहा- इस लड़की को देखो, यह हद से बेहद बाईस या तेईस की है और सहसम्पादक के ओहदे तक पहुँची है। सम्पादक की इस कार्रवाई पर महिला सहकर्मी भी अवाक रह गई। वो लगातार रोली को देखे जा रही थी, पर बतौर सहकर्मी उसने रोली की जबाबी कार्रवाई को ज़रा भी नहीं सराहा।

दरअसल, सम्पादक की इस बौद्धिक नुमाईश के बाद रोली ने बेहद शाइस्तगी से अपना बायोडाटा उनके साथ से ले लिया। एक हाथ से अपने कान की लवों को सहलाया जो डूबते सूर्य के रंग की हो चुकी थीं। दूसरे से बायोडाटा की तह बराबर करते हुए अपने फाईल में लगाया। यह कहना शायद सही हो कि जिस जगह वो बैठी थी वहाँ से उठने की क्षमता वो खो चुकी थी। पर खड़ी हुई, सम्पादक से कहा: आपने अपना कीमती समय दिया, इसके लिए धन्यवाद। पच्चीस की उम्र सीखने के लिहाज़ से

अच्छी है बनिस्बत कि पैंतालीस या पचास की उम्र। वरना मैं आपको स्त्री से बातचीत का सलीका सीखने की सलाह देती।

रोली उस इमारत से उतरते हुए चाह रही थी कि यह सीढ़ियाँ कभी ख़त्म ना हों। या ख़त्म अगर हो भी जाएँ तो काश, पापा का फ़ोन आ जाए और वो यह घर वालों को बता सके कि वह दिल्ली में इतने कितने महीनों से बेरोज़गार है। या यही कि शादी की बात चलने पर उन्हें डाँट सके। डाँटने के ख़याल से उसे राहत मिली। यह उसका पसन्दीदा काम है। जब भी दिल बैठता है, दिमाग़ उदास होता है वो फ़ोन बुक की मदद लेती है। कोई ना कोई ऐसा मिल जाता है, जो रोली से डाँट सुनना अपना ही भाग्य समझता है।

मुहर

रोली के ज़िद्दी और अकड़ू होने की ख़बर आजकल जैसे सबको हो गई है। अभी-अभी पारिजात सर ने भी ज़िद्दीपने के ख़ातिर उसे डाँट लगाई है।

रोली की नौकरी छूटे तीन महीने हो रहे हैं। नौकरी की तलाश में मित्रों की मदद उसे 'अच्छी' नहीं लगती। यह भी सच है कि सीधे रास्ते सारे बन्द हैं। उसके मित्र समझदार हैं। किसी जगह उसके रोज़गार की बात चलाने से पूर्व रोली की सहमति लेने का काम सलीके से करते हैं। इस तरह कि कहीं रोली को 'फ़ील' ना हो जाए।

भोपाल के इस दफ़्तर में रोली के लिए नौकरी की बात पारिजात सर ने चला रखी है। इस दफ़्तर में उनका मित्र मुकुन्द पांडेय बड़ी पदवी पर है और सक्षम है। मुकुन्द पांडेय, पारिजात का सहपाठी रहा है और दो वर्षों के पाठ्यक्रम के दौरान पारिजात ने मुकुन्द से कभी जो बातचीत की हो। पर समय-समय की बात। तुक्के और अपनी बीवी की मदद से मुकुन्द ने दफ़्तर की दुनिया में अच्छा स्थान बना लिया है। वैसे, इस दफ़्तर में रोली की नौकरी की बात चलाने से पहले पारिजात ने दो बार सोचा था। या शायद तीन बार।

नौकरी पारिजात की भी नहीं है पर उन्होंने छोड़ रखी है। यह उनका तरीका है। छ: महीने की नौकरी करते हैं, धुआँधार काम करतें हैं- इतना शानदार कि चाहकर भी बॉस डाँट नहीं पाता.. फिर नौकरी छोड़ देते हैं। दुनिया घूमी, कुछ किताबें पढ़ीं, कुछ लेख लिखे और फिर छ: महीने के लिए नौकरी कर लेते हैं। इस अख़बार की छवि उनके मन में अच्छी है इसलिए चाहते हैं कि रोली यहीं काम करे।

भोपाल तक का रेल टिकट लेने के लिए रोली कतार में थी और मुम्बई के अपने मित्र से बात कर रही थी। आकाश था। यहाँ टिकट कतार से कम ही मिल रहे थे। ऐसे में बुकिंग क्लर्क पर उपजी झल्लाहट रोली ने आकाश पर उतार दी। थोड़ी बेरुखी से कहा- अभी फ़ोन रखो, बाद में बात होती है। इसी बात पर उस मित्र ने कहा था- रोली, तुम 'एरोगेंट' हो गई हो।

उसी शाम की बात है, पारिजात सर का फ़ोन था। रोली उन्हें अपने भोपाल के टिकट हो जाने की बात बता रही थी। सर ने पूछा- टिकट कन्फर्म तो नहीं होगा? उनके सवाल में तंज़ था। रोली ने कहा: बिल्कुल सही, कन्फर्म नहीं है। सर डाँटने लगे। उनका कहना वाजिब था। जाना, जब दो दिन पहले ही तय हो चुका था तो टिकट भी पहले ले लेना था। आलसी नम्बर एक से नम्बर दस तक, सारी यही जो ठहरीं। और तो और, रोली मैडम, सर की डाँट का बुरा भी मान गईं। कह दिया- अब मैं भोपाल नहीं आ रही हूँ। सर ने दुनिया की सारी उपेक्षा बटोर कर कहा- महारानी, ऐसी अकड़ नहीं चलेगी। समझी?

जब वो अपने लिए चाय बना रही थी तो पाया कि चीनी नहीं है और साथ ही उसे सुबह का वह समय याद आया जब आकाश ने उसे एरोगेंट कहा था। रोली को यह छोटे मोटे आविष्कार की तरह लगा। शाम को पारिजात सर ने भी उसे अकड़ू कहा था। शाम की यह याद आते ही वो चाय लेकर हॉस्टल की छत पर चली आई।

उसे हँसी और एक पुरानी याद साथ- साथ आई। पत्रकारिता की पढ़ाई के आख़िरी साल की बात है, जब एक दिन उसने 'एवरीथिंग इज इल्यूमिनेटेड' के बारे में सुना। अंकित था या कोई और जो इस फ़िल्म की तारीफ़ में कई सारे पुल बाँधे जा रहा था। बाइत्तिफ़ाकन रोली ने अगले ही दिन किसी पत्रिका में इस फ़िल्म का जिक्र देखा। उसे यह संयोग अच्छा लगा। दोनों घटनाएँ अगर दिनों के अंतराल पर घटतीं तब वो शायद इस फ़िल्म का ध्यान नहीं धर पाती। पर अनोखी बात तो इसके भी बाद घटी।

उसी दोपहर कैसेट्स की किसी अचर्चित दुकान में टहलते हुए रोली को इस फ़िल्म की सी.डी. मिल गई। उसे ख़ूब आश्चर्य हुआ। उसे लगा, हो ना हो सारे

समीकरण ऐसे बन रहे हैं जिससे रोली को यह फ़िल्म दिखाई जा सके। उसने वो फ़िल्म ख़रीद ली वरना वो सी.डी. ख़रीदकर सिनेमा देखने वालों में से नहीं है।

रोली ने उस फ़िल्म को याद किया और उस घटना की इस बेअंदाज़ पुनरावृति को भी। उसके चेहरे पर इस ख़याल की कसैली मुस्कुराहट फैल गई

कि आज कहीं कोई तीसरा ना मिल जाए जो उसके ज़िद्दी और अकड़ू होने की बात बताने लगे।

जिस दिन वो भोपाल पहुँची उससे पाँच दिन पूर्व से ही पारिजात सर अपना डेरा डंडा भोपाल में जमाए हुए थे। सर रोली से दो साल सीनियर हैं पर उनका ज्ञान तगड़ा है, जिसे वो गाहे-ब-गाहे बघारते भी ख़ूब रहते हैं। रोली को बहुत मानते हैं। चाहते हैं दुनिया की सारी समझ, सारा ज्ञान, सारा कुछ रोली के पास रहे। रोली, भले ही ऐसा नहीं चाहती हो। दोनों के झगड़े मशहूर हैं।

कल साक्षात्कार है।

जब से वो आई है, पारिजात सर उसे कुछ ना कुछ समझाए जा रहे हैं। पहला घंटा शेयर बाज़ार के बारे में धाराप्रवाह बताते हुए बिताया। अभी अर्थशास्त्रीय सूत्र समझा रहे

हैं। पर रोली यह सब सुनना नहीं चाहती है। उसे बार बार समझाए जाने की कोशिश भली नहीं लग रही है। जैसे वो बहुत बड़ी हो गई है या जैसे कोई उसे याद दिला रहा है कि वो बेरोज़गार है। समझाईशों के बीच एक बार वो टोकती भी है: इससे पहले मुझे नौकरी नहीं मिली है क्या? साक्षात्कार के लिए जाते हुए उसने पीपल के गिरे हुए पत्तों के रंग का सूट पहन रखा था। रास्ते भर, जैसा कि आप सब अवगत हो चुके होंगे, सर रोली को समझाते रहे। दफ़्तर के बाहर ही मुकुन्द से मिलना तय हुआ था। वो मिले और मिलते ही पारिजात सर से शेयर बाज़ार के उतार चढ़ाव की बात शुरु कर दी। पारिजात बात ज़रूर कर रहे थे पर साथ के साथ यह भी सोच रहे थे कि कहीं रोली के साक्षात्कार में विलम्ब ना हो जाए। उनका यह सोचना साफ़ दीख रहा था जिसे देख रोली मन ही मन हँस रही थी।

साक्षात्कार के वक़्त एच.आर.(मानव संसाधन) की टीम के साथ मुकुन्द पाण्डेय भी बैठे रहे। औपचारिक सवाल पूछे जा रहे थे जिनके औपचारिक ही जवाब रोली दे रही थी। एच.आर. के बन्दे सवाल

पूछ कर एक बार सुनील की तरफ़ देख लेते थे; कहीं सवाल वजनी तो नहीं हो गया? बीच बीच में सुनील अपने संघर्षों की कहानी, अपनी ही ज़ुबानी शुरू कर दे रहे थे। वो सीनियर थे इस नाते सब उन्हें सुन भी रहे थे– कि कैसे बचपन में पचास मीटर पैदल चल कर विद्यालय जाया करते थे, कि बचपन में उन्हें विद्यालय की फ़ीस जमा करने में कितनी मुश्किल आती थी; इसलिए नहीं कि उनके पास पैसे नहीं होते थे बल्कि इसलिए कि उन्हें फ़ीस जमा करने के लिए लम्बी कतार में खड़ा होना पड़ता था।

वो सीनियर थे इसलिए आते-आते प्रवचन पर उतर आए। यह सब बताने लगे कि दुनिया माया है, सब मिथ्या है... और कहते कहते तैश खा गए। कहना शुरु किया- लोगों को अहंकार नहीं पालना चाहिए। जब मैं कॉलेज में था तब कुछ लोग मुझसे बात करना भी गवारा नहीं करते थे। वो मुझे देख कर रास्ता बदल लेते थे। उन्हें लगता था कि कॉलेज से निकलते ही किसी अख़बार के सम्पादक की कुर्सी पर जा बैठेंगे... और इतना सब कह कर मुकुन्द ने रोली की तरफ़ देखा। रोली ने बड़े ग़ौर से देखा, मुकुन्द उसकी तरफ़ देख रहे हैं। एच.आर. के सदस्यों ने

देखा- मुकुन्द अभ्यर्थी की ओर देख रहे हैं और यह जो अभ्यर्थी है वह भी कम नहीं है जो मुकुन्द की तरफ़ देखे जा रही है।

रोली को देखने के बाद भी मुकुन्द ने अपनी बात जारी रखी। कहते रहे- ये जो महान पढ़ाकू लोग थे और जो हमें किसी लायक नहीं समझते थे आज ख़ुद सड़क पर हैं। इनका सारा ज्ञान जाने कहाँ खो गया कि आजकल बेकार बेरोज़गार घूम रहे हैं।

रोली ने दूर की सोची और पाया कि वो जब तक यहाँ रहेगी यह पाजी पंडित ऐसी ही बातें करता रहेगा। रोली समझ रही थी कि मुकुन्द यह सब किसके बारे में कह रहे हैं। यह सारी ग़लतियाँ पारिजात सर में हैं। वो अपने कॉलेज में शायद ही किसी से मेल-जोल रखते हों। ख़ुद उससे भी वे केवल पत्रकारिता सम्बन्धित बातें ही करते हैं। दरअसल पारिजात सर अपने आप में इतना गुम रहते हैं कि उन्हें पत्रकारिता के अलावा किसी भी दुनियादारी से कोई मतलब नहीं रहता है। अपने बैच में सबसे पहली नौकरी उन्होंने ही पाई थी। सर्वाधिक इंक्रीमेंट्स भी उन्हीं के लगे।ये ज़रूर है कि आज उनके पास नौकरी नहीं है पर उन्होंने नौकरी छोड़ रखी है, उन्हें निकाला नहीं गया है।

इतना लम्बा सोचते ना सोचते रोली की साँस फूल गई। पारिजात सर के बारे में आज-तक उसने इतनी अच्छी बातें एक साथ कभी नहीं सोची होंगी। इसी ख़ातिर उसने मुकुन्द पाण्डेय से कहा- पारिजात सर जब चाहें उन्हें नौकरी मिल जाए। कितने अख़बार वाले जो उनके काम को जानते हैं, उन्हें बुला रहे हैं।

मुकुन्द पाण्डेय झटका खा गए। किसी से कुछ भी सुनने की उनकी आदत छूट गई थी। फिर भी खीसें या दाँत जैसा कुछ निपोरते हुए कहा- मैं पारिजात जी की बात नहीं कर रहा हूँ। यह तो एक आम चलन होता जा रहा है। एच.आर. के सदस्यों की समझ में ज़्यादातर बातें नहीं आ रही थीं कि यहाँ क्या चल रहा है और यह भी कि यह पारिजात, आख़िर है कौन? कुछ देर ठहर कर रोली को सुनाते हुए मुकुन्द ने एच.आर. हेड से पूछा- अब? एच.आर. हेड ने कहा- ज़रूरी कागज़ात इन्हें मेल द्वारा भेज दिया जाएगा। उसने मुस्कुराते हुए रोली को बधाई दी और इस अख़बार को नियमित तौर पर देखने की सलाह भी दी ताकि जब काम पर रोली आने लगे तो इस अख़बार की नीतियों को समझने पर ज़्यादा समय ना ख़र्च हो। ठीक इसी बिन्दु पर मुकुन्द ने रोली

का ध्यान अपनी तरफ़ खींचा, कहा- पारिजात जी से कहिएगा, शाम को मिल लें।

अख़बार के दफ़्तर से निकलते ही रोली ने पारिजात सर को फ़ोन कर दिया।

रोली उस पूरे दिन भोपाल घूमती रही। एक छोटे-से दिन में जहाँ जा सकती थी, गई। जहाँ नहीं जा सकती थी, जैसे भीमबैठका, वहाँ मन ही मन गई। भीमबैठका पर जो कछुए के आकार वाला पत्थर था, उस पर मन ही मन बैठी रही। भोपाल ने उसकी स्मृतियों का अच्छा खासा हिस्सा छेंक रखा है।

शाम को पारिजात सर मिले। मिलते ही डाँटना शुरु कर दिया। कहने लगे, "मुकुन्द कह रहा था कि मन्दी के कारण नई नियुक्तियाँ पाँच छः महीने के लिए टाल दी गई हैं। वो झूठ बोल रहा था। पर हँसते हुए ही उसने एक बात कही कि रोली थोड़ी 'एरोगेंट' है। ..बताओ, मुकुन्द की हरेक बात का जवाब देना ज़रूरी था?" पारिजात रोली को पिछले कुछ दिनों की हर वो घटना याद दिलाते रहे जिससे साबित होता था कि रोली ज़िद्दी और अकड़ू है।

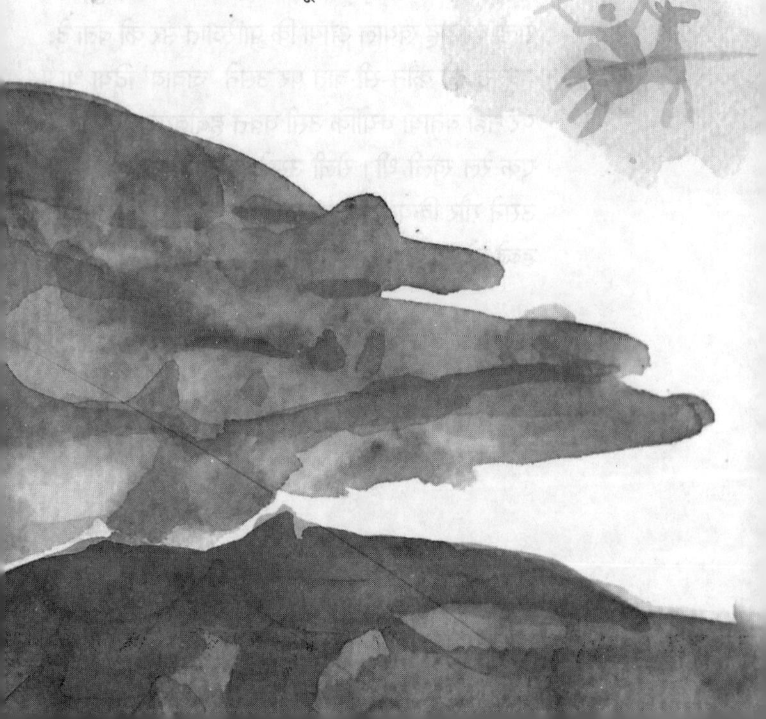

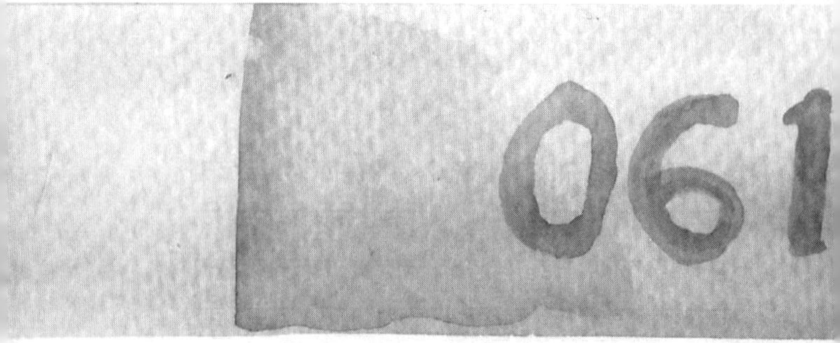

इधर रोली को पहले तो बेहद तकलीफ़ हुई पर अपनी तकलीफ़ को उसने गुस्से में बदलने दिया, सोचती रही– दो दिन पहले भी तो यही मन्दी रही होगी जब उसे साक्षात्कार के लिए बुलाया गया। एक बार को ही, पर रोली को यह ख़याल आया कि पारिजात सर को बता दे, मुकुन्द की कौन-सी बात पर उसने 'जवाब' दिया था। पर नहीं बताया क्योंकि उसी वक़्त हबीबगंज स्टेशन से एक रेल खुली थी। रोली उसके डब्बे गिनने लगी थी। उसने ग़ौर किया तो पाया कि इधर कुछ रेलगाड़ियों के डब्बे हरे रंग के भी होने लगे हैं।

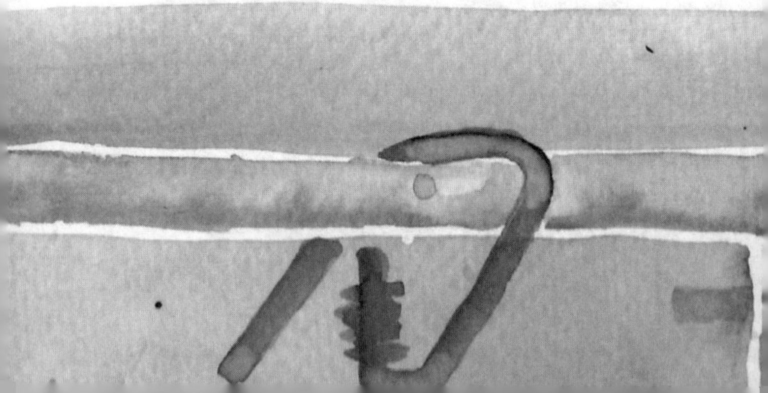

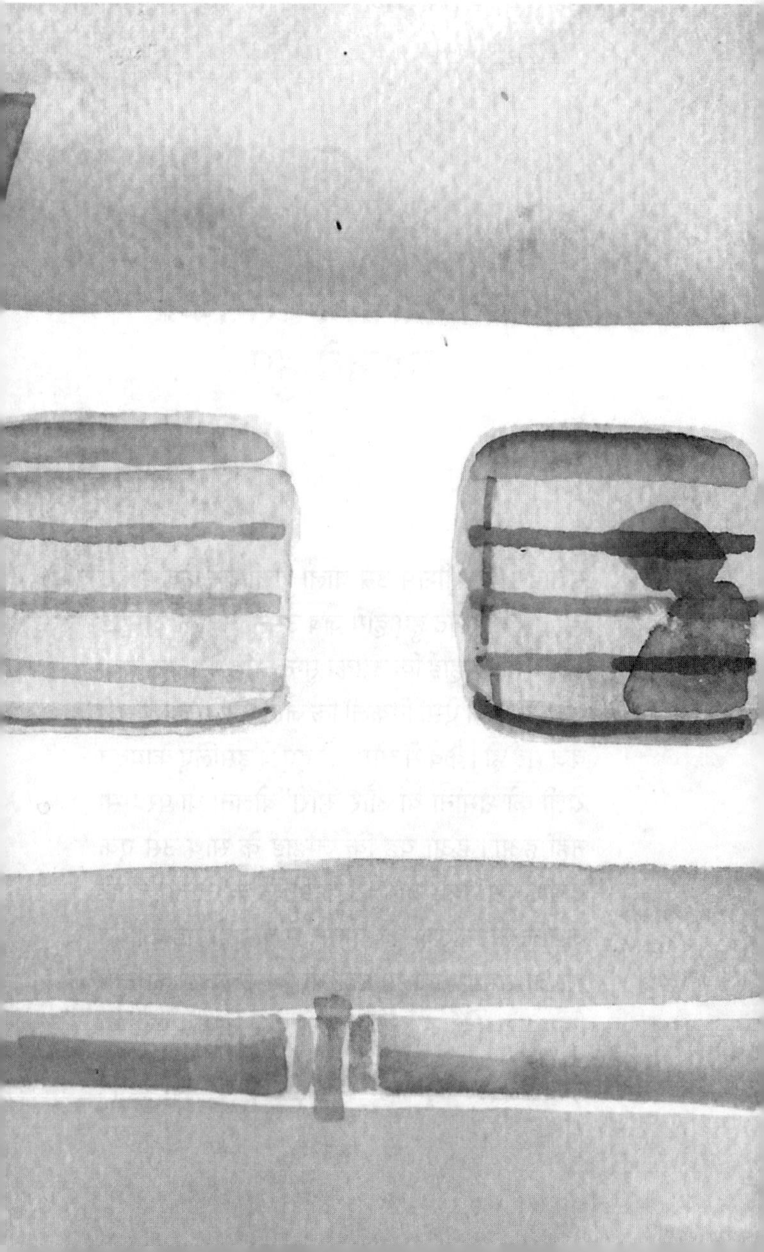

सेब खाने का तरीक़ा बदलते हुए

सत्ताईस की शीशम उम्र वाली रोली को कैब में बैठे हुए दसेक मिनट हुए होंगे जब उसने ज़ोर की जम्हाई ली। ऐसी जम्हाई कि उसका सुन्दर मुँह पूरा खुल गया और आवाज़ ऐसी निकली कि जैसे कोई गीली बाँसुरी बज गई हो। क़ैब में लोग भरे हुए थे इसलिए क़ायदन रोली को शर्माना था और 'सॉरी' बोलना था पर ऐसा नहीं हुआ। हुआ यह कि जम्हाई के साथ उसे एक ख़याल आ गया; जानवरों के सोचने की रफ़्तार हमारे ज़माने की गाड़ियों की रफ़्तार से कम हो गई है। यह भी वो समझ नहीं पा रही थी कि उबकाई का दोष किस पर मढ़े? सूर्य की रौशनी पर? नौकरी पर? या

कुत्ते की मृत्यु पर। क्योंकि ख़ुद तो वो कभी ग़लत होती नहीं थी।

यह गर्द ख़याल किसी सत्य की तरह रोली के सामने तब रौशन होता गया जब कैब की खिड़की से भोर का सूरज झाँकने लगा था। खिड़की के बाहर जो झील दिखी उसमें सूरज, नारंगी खम्भे की तरह खड़ा था, जिन खम्भों पर इस शहर की नींव थी, ऐन इसी घड़ी रोली को मरा हुआ कुत्ता याद आया। उसने कुत्ते नाम रोडवेज़ रखा था।

शीशा नीचे करते हुए उसे महसूस हुआ कि सूरज भी शीशे के साथ झटके में नीचे खिंच गया है। निमिष मात्र के लिए सर बाहर किया और बगल से गुज़रते रफ़्तार-पसन्दों के भय से वापस भीतर खींच लिया। खुली हवा ने राहत बख़्शी। उसी राहत के दायरों ने उसे नए शहर, नई नौकरी के दस दिनों की याद दिला दी।

शहरों के शहर दिल्ली में उसे कमाल की बात यह लगी कि यहाँ अगर किसी को कहीं पहुँचने की सर्वाधिक जल्दी मची है तो वो कैब ड्राईवर्स और बस ड्राईवर्स हैं। बसें दिल्ली में यों चलती हैं जैसे उनमें "छाती पर चढ़ बैठना" वाले मुहावरे के नाम का कोई

यंत्र लगा हो। इतनी हड़बड़ी कि रोली जब पहली बार बस से उतर रही थी तो बस अपने स्टॉप पर खड़ी ही नहीं हुई। रोली के ऐतराज़ जताने पर कंडक्टर भईया ने ख़ास लहजे में बताया, बस धीमी हुई तो थी। जैसे दिल्ली कोई नया देश हो जिसकी कोई नई भाषा हो और उस भाषा के लोकमन तथा शब्दकोश में लिखा हो:

रूकना (क्रि) – (क्रिया) धीमा होना, किसी के सीने को पीस कर बराबर कर देना। (क्रिया विशेषण) धीमा, कुचला सीना।

अगले स्टॉप पर बस धीमी हुई और रोली कमज़ोर आत्मविश्वास लिए दिए वहीं उतर गई। दिन के पिटारे में रोली के लिए इतना खज़ाना जैसे कम था कि रोली जैसे ही चलती बस से उतरी, एक मोटरसाईकिल चीखती, रगड़ खाती हुई बिल्कुल उसके पैरों के समीप आकर रुक सकी। दोनों सूत भर फ़ासले से बच गए।

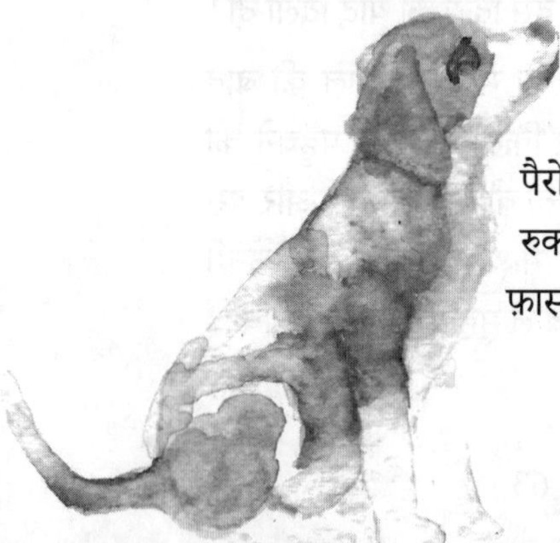

ऑफ़िस जाने के लिए पहले दिन जो जगह उसे कैब में मिली, वही जगह उसके लिए निर्धारित हो गई। उसके मन में यह बात किसी चाकू के कुन्द धार की तरह चमकी कि वो जब तक इस ऑफ़िस में काम करेगी, अब वो छः महीने हो छः साल हों या साठ साल, रोज़ उसे कैब के बीच वाली सीट के दाहिनी तरफ़ बैठना होगा। रोज़ नाश्ते का समय एक ही होगा। भोजन का भी। बॉस को गुड मॉर्निंग कहने का भी। गुड मॉर्निंग के साथ आँखों से मुस्कुराने का अंदाज़ भी एक ही होगा। साँस भी घड़ी के एक ही तार पर रोज़ आएगी और रोज़ जाएगी। उसे यह ख़याल मौज़ूँ नहीं लगे थे इसलिए उन्हें छोड़ उस कुत्ते के बच्चे के बारे में सोचने लगी थी जो उसे कैब पॉइंट पर मिला था।

पहले ही दिन रोली को वह कुत्ते का बच्चा मिला था। रोली सेब खाती हुई अपने कैब पॉइंट तक आई थी। सेब काटकर खाना रोली को सख़्त नापसन्द है। पूरे सेब को खाती है और बीज और डंठल के आस-पास का अनखाया हिस्सा फेंक देती है। पहले-पहले दिन वह अनखाया हिस्सा कुछ इस तरह फेंका कि

वह कुत्ता उसे खाने आ गया। रोली को यह अच्छा लगा जबकि उसे जानवर पसन्द नहीं है। अगले दिन रोली ने बीज और डंठल के साथ सेब का एक हिस्सा गूदा भी फेंका और उस दिन सेब खाने के बाद कुत्ता उसके पास तब तक खड़ा रहा जब तक रोली की कैब न आ गई। उसके अगले दिन रोली सेब के साथ रात की बची रोटी भी ले गई और फिर कुत्ता उसका इंतज़ार रोज़ करने लगा।

एक दिन उसने निश्छल मन से, बिना किसी मनोमालिन्य के, डॉ. निलय को भी इसी नाम से पुकारा, कहा- हेलो रोडवेज़।

कैब के नाम पर तमाम कम्पनियों की ओर से टाटा सूमो, टवेरा, टेम्पो ट्रेवलर या फिर कोई बहुत लम्बी बस कर्मचारियों को लेने आती। उनके आने का समय सूर्योदय या सूर्यास्त के समय से भी ज़्यादा विशिष्ट होता। किसी के कैब के आने का समय पाँच सैंतीस होता तो किसी के कैब का समय चार उनसठ। इस शहर में लोग घरों से ऐसे समय देकर नहीं निकलते थे कि पौने बारह पर आऊँगा या साढ़े आठ पर। समय इस शहर के लिए इतना कसा हुआ था जैसे किसी

चंचलमना और अतिस्वस्थ कन्या ने छोटे साईज़ की जींस ख़रीद ली हो और वो नामुराद जींस उस कन्या की जाँघ पर आते-आते फँस गई हो। मतलब यों समझिए कि दिल्ली वालों ने, समय जैसे जीवन के सम्वेदनशील घटक का तमाशा बना डाला था।

ये क़ायदे तो लागू नहीं हुए पर रोली को शब्दाअक्षरों में हेर-फेर कर लिखने वाला काम बहुत कठिन लगता था। और उन्हीं कठिनाईयों से सम्बन्धित राय बात जानने के लिए आज उसकी मीटिंग बुलाई गई थी जिसमें उसे दफ़्तर के उन अधिकारियों के सामने बोलना था, जिनसे वो प्रत्यक्षतः तो नहीं, पर मन ही मन घबराती थी, डरती थी। इनके सवाल बेधक होते थे और कुछ भी पूछ सकने का अधिकार इन्हें प्राप्त था। जैसे एक होशियार ने रोली से एक दिन पूछ लिया- हॉऊ योर पैरेंट्स हैव अफोर्डेड थ्री चिल्ड्रेन? (तीन बच्चों के पालन–पोषण की ज़िम्मेदारी तुम्हारे माता पिता ने कैसे निभाई होगी?) इन्हीं वजहों से रोली इनके सामने पड़ जाने से बचती थी।

मसलन, जिस दिन एक बहुत बड़ा साहब कैंटीन में था और उसकी परछाईं पहचान कर रोली दरवाज़े

से ही लौट आई थी उस दिन वो सुबह के नए दोस्त उस रोडवेज़ कुत्ते की एक होशियारी पर कई- कई बार हँस चुकी थी। रोली ने कभी नहीं सोचा था कि कुत्ते भी मस्तिष्क या इन्द्रियों जैसी चीज़ें रखते हैं। हुआ यह कि मोड़ पर अपने समय के हिसाब से वो कुत्ता आ चुका था। रोली ने खाए हुए सेब का टुकड़ा फेंक दिया तभी वह बात घटी। रोडवेज़ आगे बढ़ा और वहीं ठिठक गया। रोडवेज़ की निगाह भी ठिठकी हुई थी और उस ठिठकी हुई निगाह का पीछा जब रोली ने किया तो देखा- रोडवेज़ की निगाह के आख़िरी छोर पर शेर की तरह लम्बा चौड़ा एक बुलडॉग था। उसे उतने ही लम्बे चौड़े किसी शख्स ने जंज़ीर से पकड़ रखा था।

रोडवेज़ पीछे मुड़ गया। कुछ कदम चला और फिर घूम कर बुलडॉग की तरफ़ कनखियों से देखा। रोडवेज़ की इस प्रतिक्रिया पर रोली का आश्चर्य दनदनाता हुआ बढ़ रहा था कि तभी रोडवेज़ ने रोली को देखा। रोली की ओर देखने में उस कुत्ते की निगाह में कुछ यह भाव था, जो रोली पढ़ सकी, कि कहीं मेरे डर और शर्म को उसकी दोस्त देख तो नहीं रही है।

ऐसे भाव पढ़ते ही रोली ने अपना सर किसी दूसरी दिशा में घुमा लिया।

डरावना बुलडॉग जब चला गया तब रोली के पैरों के पास आहट हुई। रोडवेज़ ही था। सेब का टुकड़ा उसने खाया ज़रूर पर रोली को लगा कि जैसे रोडवेज़ उदास है। आज उसने धूल-कंकड़ में लोटने की हरकत नहीं की जो वो रोज़ रोली के मनोरंजन के लिए करता था। रोली उससे दुलार की कोई बात करना चाहती थी जो कैब पॉइंट पर असम्भव था। इसलिए उसने रोडवेज़ को सुनाते हुए अपने पास खड़ी, कैब का इन्तज़ार करती दूसरी स्त्री से कहा: कितना समझदार है!! उस मायाविनी ने कहा : सही कह रही हैं आप।

आज सुबह रोडवेज़ इस कदर ख़ुश था जैसे कल की कसर पूरी कर रहा हो। कैब पॉइंट के पीछे बैंक की इमारत थी। उसकी चारदिवारी पर सौर उर्जा से संचालित बिजली के बाड़ लगे हुए थे जिनमें बिजली दौड़ती थी या नहीं, यह रोली को तब तक पता नहीं था।

रोडवेज़ की तरफ़ रोली ने सेब का टुकड़ा उछाला और उसने हवा ही में उछल उसे जबड़े में

भींच लिया। रोली को कैब की आदत पड़ चुकी थी इसलिए वो सबकुछ (निष्णात) निरपेक्ष भाव से निहार रही थी। लोगों का आना। छूट रही कैब पकड़ने के लिए अधेड़ स्त्रियों, पुरुषों का दौड़ना, सन्न सन्न भागती कारें, दूसरी गाड़ियाँ। कुल अर्थ यह कि रोली कुछ-कुछ उस मुद्रा में समा गई थी जब लोग ऐसे मूर्खतापूर्ण जुमले उछालने लगते हैं – दुनिया माया है/ घोर कलयुग है/ समय बह रहा है/ जो काम ये लोग आज कर रहे हैं वो हम कबका कर चुके हैं (उसे करने के बाद कितना या क्या सीखा इसका कोई लेखा-जोखा नहीं देते) / ब्रह्म असार है...

साथ ही वह एक सुन्दर दिवास्वप्न से भी दो चार हो रही थी। किसी से भी भिड़ जाने में वो उस्ताद थी। आप एक ज़रा उससे कुछ उल्टा-पुल्टा बोल कर देखें आपकी मिट्टी बराबर कर देगी। पर डर भी तो इंसान का ही गुण है ना! और चूँकि पहली बार उसकी मित्रता किसी जानवर से हुई थी; इसलिए रोली सोच रही थी कि रोडवेज़ अपने दूसरे साथियों से उसे मिलाएगा। सब, हो सकता है थोड़े उद्दंड हों क्योंकि कुत्ते ही तो हैं, पर उतने अशिष्ट नहीं जितना जानवर होने भर से

उन पर चस्पाँ किया गया है। अपने इस स्वप्न में वो इस कदर लीन हो चुकी थी कि उसे कुत्तों की संख्या भी दिखने लगी थी। चौदह से सत्रह कुत्ते होंगे। वो ऑफ़िस से लौटेगी और सारे कुत्ते उसके स्टॉप पर उसका इंतज़ार करेंगे। वे कुत्ते किसी बटालियन की तरह रोली के आगे पीछे हो लेंगे। जब गली-चौराहे

के लोग आँखों से ही कपड़े उतारने की तैयारी कर रहे होंगे, तब इतने कुत्ते रोली के साथ देख अपनी आँख और गन्दी आत्मा दोनों झुका लेंगे। अगर कोई उसे देख बेवजह हॉर्न बजाएगा तो कुत्ते भौंकने लगेंगे, कुछ इस तरह कि, आने वाली रातों में भी उस हॉर्न वाले की नींद खुल जाया करेगी।

रोडवेज़, रोली के पैरों के पास लोट-पोट रहा था। रोली अपने उजले जूते से उसे टटोल लेती थी जिसे अपनी तारीफ़ समझ रोडवेज़ और से और उछल-कूद रहा था। ऐसा करते हुए अचानक रोडवेज़ उस दीवाल की तरफ़ उछल पड़ा जिधर बिजली के तार का बाड़ लगा हुआ था। सबकुछ इतनी तेज़ी से हुआ कि रोली कुछ समझने में कामयाब नहीं हो पाई और इस शहर में अपना पहला दोस्त खो दिया।

बिजली के तार ने रोडवेज़ को चिपकाया नहीं बल्कि झटके से उछाल दिया। उसकी इस दशा पर रोली तथा उस समय के सहयात्री चीख़ पड़े। कुत्ता निमिष मात्र के लिए ज़मीन पर पड़ा रहा फिर उठा, किसी की तरफ़ देखे बिना सड़क की ओर भागा।

लगा जैसे उसकी चेतना सुन्न हो गई हो, वरना दिल्ली में मक्खियाँ भी देख भाल कर सड़क पार करती हैं।

रोली के सामने यह सब घटा। वह सिर्फ़ दर्शक बन पाई। उसके ज़ेहन में ही नहीं था कि यह कुत्ता किसी दिन मर जाएगा। सड़क की तरफ़ दौड़ कर उसने कोई ग़लती नहीं की थी पर रोडवेज़ आ रही गाड़ियों की रफ़्तार भाँप नहीं पाया। अपने मन की रफ़्तार से भागने के बावजूद वो सड़क पार नहीं कर पाया। वह कोई नई चमचमाती फॉक्सवैगन थी जो कुत्ते के मन की रफ़्तार से भी तेज़ भागते हुए उसकी गर्दन पर अपना अगला पहिया रखती हुई निकल गई थी।

अब जब कुत्ता मर चुका था तब तेज़ रफ़्तारी गाड़ियाँ उसकी लाश के पास आते ही ठिठक जाती थीं और उसे बचा कर निकल रही थीं। जिनका रोज़ का आना जाना था, जिनकी सुबह के व्यस्त रूटीन में यह कुत्ता पल दो पल की जगह बना चुका था, उनके चेहरे पर भी घिन से अधिक उदासी से मिलते जुलते ही भाव थे। सबकी शामिल उदासी का असर या कुत्ते

की मृत्यु का, पर रोली को लगा वो रो पड़ेगी। उसने इस शहर में ख़ुद को बेतरह अकेला महसूस किया। उसके इर्द गिर्द ऐसा कोई ना था

अगले दिन वो निर्धारित समय से दस मिनट पहले तैयार हुई। सेब को पहले बाएँ हाथ पर रख कर काटने की कोशिश की, पर चाकू की धार इतनी अनिश्चित पड़ रही थी कि उसे लगा उसका हाथ कट जाएगा। इसलिए उसने बीते किसी दिन का अख़बार बिछाया और सेब के आठ टुकड़े किए। इतनी सफाई से कि कोई हिस्सा बच ना जाए जिसे फेंकना पड़े। उसे इत्मीनान से खाया। उस दिन भी कैब समय पर आई थी।

नीम का पौधा

रोली को तल्लीन होकर भोजन करना पसन्द है। जो कुछ उसे नापसन्द है उनमें से एक है दोपहर के भोजन के समय ऑफ़िस कैंटीन में जमा हुए सेल्समैन, एन.जी.ओ. के प्रचारक, घर बेचने वाले, खाता खुलवाने वाले एजेंट और इस नौवीं प्रजाति के अन्य जंतु। वो दाल-चावल पर भिड़ी होती है जब कोई आकर एकसार मीठी अंग्रेज़ी में कहता है- मैडम, अगर आपके पास दो मिनट का समय हो... मैं इस कम्पनी से आया हूँ। रोली के खाने का सारा मज़ा किरकिरा हो जाता है। कभी उन्हें सुन लेती है, कभी थाली छोड़ उठ जाती है, कभी डाँटकर भगा देती है और फिर

अफ़सोस करती है कि वो भी किसी की नौकरी ही बजा रहे हैं, दो मिनट सुन लेने में क्या हर्ज़ था? पर रोली के खाने का ऐसा है कि खाने के जितने कौर वो तोड़ती है उतना ही वो ख़ुद के स्वस्थ से स्वस्थतर होते चले जाने पर चिंतित भी होती रहती है।

आज कैंटीन में पैर रखते ही हरे रंग की एक जैसी टी-शर्ट डाले कुछ लोग दिखे। उनमें से एक मुखियानुमा गंजा कैंटीन हॉल से सम्बोधित था।ये लोग ग्रीन वर्ल्ड नाम का बैनर और बोर्ड लगाए घूम रहे थे। जब रोली ने चावल दाल का ऑर्डर लगाया तब वो मुखिया, हरियाली पहचानने के बारे में बता रहा था- जिन साथियों ने इस जीवन में पेड़ नहीं देखे उनसे अनुरोध है, कृपया अपने हाथ खड़े करें। इसमें शरमाने जैसा कुछ भी नहीं। अभी आपकी उम्र भी क्या ठहरी? (कुछ हाथ उठते हुए देख) वेरी गुड। आज मैं आपको पेड़ पौधे पहचानने के ख़ूब सारे तरीके बताऊँगा।

रोली 'हुँह' वाले अपने ही अनोखे अंदाज़ में मुस्काई। अभी पिछली दो अगस्त को जब वो घर से आ रही थी तो रेलगाड़ी के बाहर उसने अनगिन पेड़ देखे थे। आदमी से भी बड़े पेड़। कैक्टस का एक ख़ूबसूरत

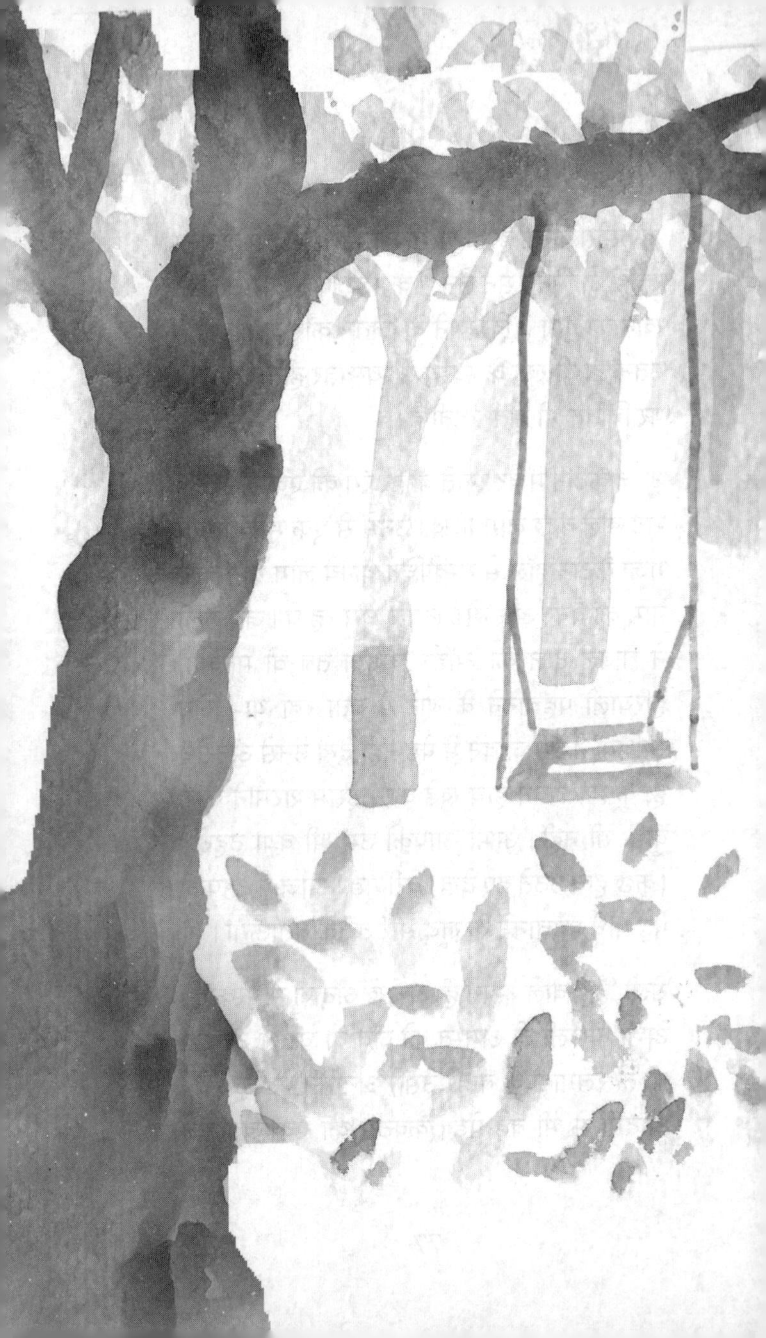

गमला तो उसके हॉस्टल के बाहर ही है। और रोली की स्मृतियाँ? बाप रे! उनकी तो पूछो ही मत। वो तो हरियाली की याद से भरी पड़ी हैं।

रोली की गोरखपुरिया आँखों के इलाज के समय की बात है, नौकरी का पहला-पहला साल था, जब डॉक्टर ने सुबह और शाम का कुछ वक़्त हरियाली में बिताने की सलाह दी। दिल्ली में पेड़ की तलाश की पहली ही सुबह उसकी बस छूट गयी थी। रात के नौ बजे ऑफ़िस से लौट कर हरा देखो या लाल, सब धान बाइस पसेरी। आँखो की बीमारी के साथ ही किसी की सलाह मानने और अमल करने की भी बीमारी उसे है।

अगली सुबह वो सीधी कमर किए बिस्तर पर बैठी, आँखों को बन्द किया, और ख़ुद को अपनी स्मृतियों में ले गयी। हद से हद उसने तीन-साढ़े तीन मिनट ऐसा किया और गाँव का सारा बागीचा देख डाला। वो झूला भी, जो उसके बैठते ही टूट गया था, जबकि वो महज़ से महज़ सात साल की थी। हरे खेत। पिताजी की हरी कमीज़। कोई मानेगा कि इतनी नई लड़की की याददाश्त में पीपल और महुए के पेड़ भी

थे? जब उसने आँखें खोलीं तो कुछ दर्द हल्का लगा। हफ़्ते-दिन के इस रियाज़ ने उसे काफ़ी फ़ायदा पहुँचा दिया था।

अपनी तन्द्रा से वो तब जागी जब ग्रीन वर्ल्ड के एक सदस्य ने उसके टेबल पर नीम का एक बेहद नाज़ुक पौधा रखा। उसने कहा, “मैम, आज़ हरियाली दिवस है। हरेक आदमी एक पौधा लगाए,ये हमारा लक्ष्य है। आप भी। प्लीज़।” वो पलट गया, अपने यही डॉयलॉग किसी और के सामने दुहराने। रोली को हँसी आई और आश्चर्य हुआ। उसने पौधे को देखा दस या बारह बहुत कोमल हरी और तनिक पीली पत्तियाँ, तना एक डंठल जिसका कोई दातुन भी बनाना चाहे तो ना बना पाए, उजली पॉलीथिन में बंद मिट्टी। पौधे को लेकर अपने डेस्क पर आ गई।

काम करते हुए ही उस पौधे को देख ले रही थी और लगातार सोच विचार रही थी। क्या करूँगी मैं इसका? समय सीमित होता है, फिर भी कुछ अच्छे और एक बुरे दोस्त को फ़ोन लगाकर बताया जानते/जानती हो, मुझे ऑफ़िस से नीम का एक पौधा मिला है। सबने अपने-अपने स्वार्थ के हिसाब से जवाब दिए। उसे ज़रूर लगा देना। पौधा लगाना बड़ी मानवता का कर्म है। क्या यार! तू भी किन-किन लफड़ों में पड़ जाती है? फेंक उसे डस्टबिन में।

उसके सबसे बुरे दोस्त को आजकल लगने लगा था कि रोली से उसका सम्बन्ध बेहद फ़ीका रह गया है, रोली उससे परेशान है और बेहद सलीके से उससे दूर हो रही है। उनके बीच शानदार घनिष्टता की लौ बुझ चुकी है। ऐसे में बुरा दोस्त रोली को किसी भी कीमत पर ख़ुश रखना चाहता है-संबंधों में पहले वाली मिठास के लिए नहीं, वो तो अब रोली कभी होने नहीं देगी, बल्कि इसलिए कि एक दिन अचानक जब उनके बीच आगे से कुछ न हो तब भी बुरे लड़के को रोली की ख़ुशी याद रहे। उस दोस्त ने कहा -ज़रूर लगाओ। और अगर ना लगा सको तो मुझे बताओ

मैं उस पौधे को अपने साथ रख लेता हूँ और जहाँ भी उसे लगाऊँ उसे रोली उद्यान का नाम दे दूँगा। रोली को ऐसी बातों से कोफ़्त है। कहा- बकवास बन्द करो और मुझसे बात मत करो। समझे।

ऑफ़िस से निकलते हुए पौधे को दोनों हाथों से उठाए बस तक आती है। दिन में उसे ज़रूर इस आशय के ख़याल आए कि लोग क्या कहेंगे? दूसरे लोगों के पास भी पौधे हैं। पर रोली को वे लोग परेशान नहीं लग रहे हैं। रोली सोचती है कि कितना अच्छा हो कि मैं भी उन्हें परेशान नहीं लगूँ।

ऑफ़िस की बस में उसके लिए खिड़की की जगह तय है। आज उसने अपने बगल में नीम के नन्हे पौधे को इस सलीके से रखा जैसे वो नीम राजा पूरी दिल्ली देखते हुए घर पहुँचेंगे। रोली सोचती है कि इन्हें कोई नाम दे। ख़ुद में ही इंकार करती है। फिर नाम देना दो दिन के लिए मुल्तवी करती है। जब बस दिल्ली -नोएडा की सीमा पर पहुँची, जहाँ उसके मोबाईल का नेटवर्क चला गया, तब उसकी सबसे बड़ी मुश्किल दरपेश हुई। ज़मीन। ज़मीन कहाँ है? एक या दो पल का वक्फ़ा था जब वो इस ख़ुदमुख्तार

सवाल पर बेतरह परेशान हो गयी। उसे कोई एक ऐसी जगह नहीं याद आई जहाँ नीम का वो पौधा रोपा जाए।

बुरे दोस्त को फ़ोन किया- इसे लगाऊँगी कहाँ?

मैने तो कहा था कि अगर तुम्हें कोई परेशानी हो तो बोल दो, मैं आकर ले जाता हूँ।

मैं मज़ाक नहीं कर रही, गौरव।

तुम्हीं बताओ फिर?

गमला कैसा रहेगा? सारे सहकर्मी भी गमले में ही लगाने की बात कर रहे थे।

पर ये तो पौधे को धोखा देना होगा, फिर तुम्हें इसे लेना ही नहीं चाहिए था, साल भीतर उस गमले की मिट्टी और जगह नीम के लिए नाकाफ़ी होगी और वो सूख जाएगा, तुम्हारे हॉस्टल के बाहर जो जगह है, वो?

वो! तुम कैसी बात कर रहे हो, जंगली सब उसे वहाँ रहने देंगे? वैसे भी वहाँ केवल रेत ही रेत है।

अरे हाँ, वो जहाँ तुम कूड़ा डालती हो...?

इस पर रोली बिफर गयी- कैसी बात करते हो? कूड़े के पास लगाऊँ ताकि उसे दो ही दिन में अपने कचड़े से लोग ढँक दें? तुम फ़ोन रखो जी, तुमसे तो बात ही करना बेकार है। वो कहता रहा- अरे मैं तो जगह ढूँढने में तुम्हारी मदद ही कर रहा था।

पूरे रास्ते वो शिद्दत से चाहती रही- जब मैं हॉस्टल पहुँचूं तो ज़मीन मिल जाए। जब बस दिल्ली की भीड़ में फँसी थी तब उसने तय किया कि ये पौधा वो लगाएगी और वो भी बेहतरीन ढंग से। अपने बस स्टॉप से कमरे तक पहुँचते हुए वो रास्ते के आस पास की तमाम ज़मीन देखती -निरखती गयी। गमलों का कोई बाज़ार लगा हो, जिनमें तुलसी और गुलाब उगाए जा सकते हैं, ऐसा दीख रहा था।

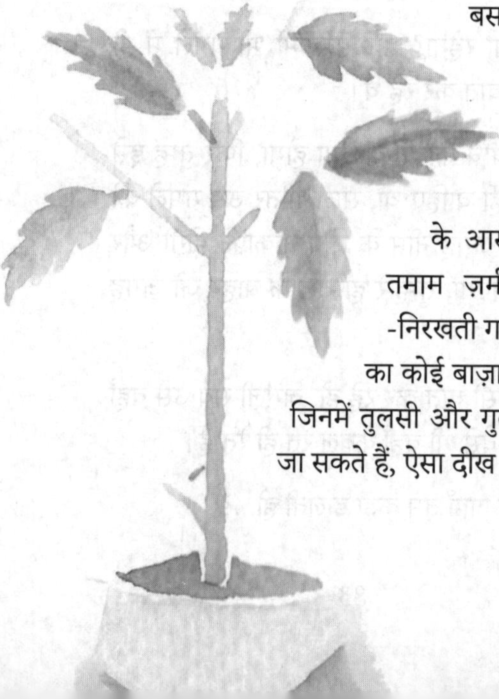

कमरे पर वापसी के बाद एक नियत समय फ़ोन पर गुज़रता है। आज जिस किसी से बात हुई, कैसे ना कैसे रोली से इस नीम के पौधे का ज़िक्र हो ही जा रहा था। फिर तो सबके पास देने के लिए कोई सलाह होती है। देर रात जब वो खा-पी के सोने जा रही थी तो जैसे उसे एक सपना आया, वो अपने हाथों को धीरे-धीरे उपर खींच रही है और वो पौधा भी उसी रफ़्तार से बढ़ रहा है। ये सपना देख ही रही थी और ये भी नहीं अन्दाज़ा लगा पाई थी कि पौधा कितना बढ़ चुका है कि उससे पहले ही उसे नींद आ गयी।

निहायत भोर में जग भी गयी। ऑफ़िस जाने में देर हो जाएगी, यह रिस्क लेकर वो नज़दीक के पार्क तक गई। सुबह की भीड़ थी। पार्क में तमाम विदेशी नाम वाले, औसत से भी छोटे आकार वाले पेड़ थे, जो हद से हद अपने गन्धहीन फूलों के लिए जाने जाते हैं। बेहद करीने से सब कुछ सजा था। जैसे सही के पेड़-पौधे ना होकर किसी चित्रकार के चित्र हों इतना सुन्दर चित्र जो बिल्कुल सच्चा लगे प्राकृतिक दिखता हुआ।

पार्क में जगह ख़ूब थी।

माली से मिली। उसने अपना परिचय 'माली' नहीं बताया। बताया पार्क इंचार्ज। रोली ने बिना किसी भाव भूमिका के पूर्वी कोने वाली जगह की ओर इशारा किया- उस जगह पर मैं इस नीम के पौधे को लगा रही हूँ। खुर्पी है? रोली को इसका ज़रा भी भान नहीं था, जो हुआ।

पार्क इंचार्ज- इस पार्क में पौधे इस तरह नहीं लगते। उनका नियम है।

नियम मतलब?

मतलब नियमः हर साल पार्क के लिए पौधों की ख़रीद बड़ी संख्या में होती है। एक कमिटी है जिसे पता है, इस शहर के लोगों के स्वास्थ्य के लिए कैसे पौधे लगाए जाने हैं और कौन-सी नर्सरी से उन्हें खरीदा जाना है।

रोली का रंग बदलने लगा- पर ये तो नीम का पौधा है। पार्क इंचार्ज- बिल्कुल सही कह रही हैं। ये नीम ही है। आप इसे अगली जुलाई में लेकर आईएगा, अगर जुलाई में बरसात हो रही होगी, तो। मैं कमिटी से आग्रह करूँगा।

गुस्से के मारे रोली के दाँत बजने लगे थे, कहा- तुम्हें ज़रा भी समझ में आ रहा है कि तुम क्या कह रहे हो, बुड्ढे, बदमाश। फनफनाते हुए उसने पौधे को पत्तियों से पकड़ कर उठाया और पार्क से बाहर निकल आई। बाहर आकर दो-चार लम्बी साँसें भरी, सेलफ़ोन पर समय देखा और पाया कि देर हो सकती है। फिर उसने अगले दो-चार पल अपने इस सवाल पर ख़र्च किए; इस बुड्ढे के बुढ़ापे पर गुस्सा करते रहना ठीक रहेगा या इसकी लाचारी पर अफ़सोस ज़ाहिर करके छोड़ दे?

ऑफ़िस के लिए तैयार हुई। जाते-जाते उसने पौधे के थाले में दो बार धार फोड़कर पानी दिया। आधा पौना ग्लास पानी। उसे ऐसा लग रहा था कि कल से आज में पौधा कुछ पीला पड़ गया है। बालकनी में ऐसी जगह पौधे को रखा जहाँ सूर्य अपनी तेज़ धूप के साथ सबसे ज़्यादा समय तक ठहरता हो। वहीं एक जग पानी भी रखा। हॉस्टल की ढेरों लड़कियों को बुलाया और कहा- इसे दिन में दो बार पानी देना। बिल्कुल हल्की धार से। देखना, पौधे का थाला टूटने ना पाए। फिर तो मैं शाम तक आ ही जाऊँगी। लड़कियों में से

किसी ने जवाब दिया- यही तुम्हारा नया ब्वायफ्रेंड है क्या? इसके जवाब में रोली ने हँसते हुए कहा- शाम तक अगर एक भी पत्ती टूटी, तब बताती हूँ।

हॉस्टल की लड़कियों पर भरोसा करने वाले वाक़ये से रोली को पता चला कि वह ख़ुद भी आख़िर चाहती क्या है? वह चाहती थी- ज़मीन भरोसे लायक हो। ख़ुद तथा कुछ भरोसेमन्द लोगों की निगरानी में तब तक हो जब तक ये इतना न बढ़ जाए कि दो चार कुल्हाड़ियों के वार से कट ना सके। मवेशी चर ना जाए। बच्चे इसे सर से ना तोड़ डालें। ग़ैरजिम्मेदार बड़े-बूढ़े सिर्फ़ किसी आनंद के लिए इसे ना तोड़ें। इसका दातून ना बनाया जा सके।

इतना सबकुछ वो बड़े शौक से करना चाह रही थी। वरना सिर्फ़ पौधा तो पार्क के बाहर, बलुई ज़मीन और कूड़े के ढेर पर भी लगाया जा सकता है। लोगों ने गमले की सलाह भी दीः जिसमें नीम का पौधा रोपने के दूसरे या तीसरे साल काटना पड़ता है। पर एक बात यह भी है कि पौधा लेने से पहले अगर इतनी ज़िम्मेदारियाँ याद दिलाई गयी होतीं तो शायद वो पौधा लेने से इंकार कर देती।

पार्क इंचार्ज के इंकार के बाद भी उसे अच्छी जगह ज़मीन की उम्मीद थी। शाम को लौटकर उस

सब्ज़ी वाले के पास गई, जो सोने चाँदी के भाव सब्ज़ियाँ बेचना पसन्द करता है और सप्ताह के हर रोज़ किसी फ़िल्मी सितारे की आवाज़ में पुकार लगाता है। सोमवार को दिलीप कुमार, मंगलवार को अमिताभ ... आज गुरुवार था और वो नाना पाटेकर के चीखने-चिल्लाने की महान नकल किए जा रहा था।

रोली यहीं से फल और सब्जियाँ ले जाती है। सब्ज़ी वाला उसे बेहद सस्ती सब्ज़ी देता है। रोली को देखते ही कहता है- आइए मैडम जी। ...करेला, दुनिया के लिए अस्सी रूपए किलो आपके लिए मात्र बीस रूपए पाव। इतना कहने का अंदाज़ भी वही... नाना पाटेकर का। अपनी मुश्किल रोली ऐसे भी बता सकती थी पर वो नीम के पौधे को किसी मुश्किल में और किसी लापरवाही में नहीं डालना चाहती थी, सो बेमन से आधा दर्जन केले खरीदे। फिर कहा- कल्लू राम जी, मेरे पास नीम का एक पौधा है और ये आपके पीछे जो कूड़े का ढेर है इस पर उसे लगा दूँ तो कैसा रहेगा? आपको उसे देखते रहना होगा।

वो, नाना पाटेकर का नक्काल, शुरू हो गयाः किस पंडित ने कहा है? उसे सामने लाओ। अभी तुम्हारी

उम्र क्या है, शादी की ऐसी जल्दी पड़ी है, मैं बताता हूँ, पेड़ लगाने से ना आपका प्रोमोशन होगा और ना ही शादी, रहा सवाल कूड़े का, तो आँखे खोलो मैडम, वो प्लास्टिक का ढेर है, नीम तो जाने दो वहाँ बेहया भी ना उगे, कूड़ा बीनने वालों से उस नीम के बच्चे को मैं बचा लूँगा, आप अगर उसे यहाँ के जानवरों से बचा लें...। उसके फिल्मी अंदाज़ पर मजमा जैसा जमा हो गया था। रोली ने सौ रूपए का नोट बढ़ाया- अपने पैसे काट लो।

लौटते हुए वो ख़ुद को कुछ ऐसे काम याद दिलाना चाहती थी जिसे आज के आज पूरा करना बेहद ज़रूरी हो। ऐसा कुछ भी याद नहीं आया। कमरे पर आकर फ़ोन बन्द कर लेट गई। वो चाह रही थी कि उसे बुखार हो जाए। वैसे सरदर्द भी कामचलाऊ बीमारी है। पर ऐसा कुछ भी नहीं हुआ। अचानक उठी और बालकनी का बल्ब जलाया। नीम का पौधा डोल गया, जैसे रोली को देखकर बहुत ख़ुश हुआ। जैसे उसे लगा हो, रोली अभी उसे उठा लेगी। रोली ने बेहद धीमी आवाज़ में कहा- क्या करूँ मैं तुम्हारा? कहाँ रोपूँ मैं तुम्हें? समझदार होने के बाद कम मौकों

पर ही उदास हुई होगी। आज थी।

तभी बालकनी से उस नीम के पौधे ने और फिर रोली ने देखा, एक असली-सा दिखता बच्चा उतने ही असली माँ-बाप के साथ ख़ूब सुन्दर तस्वीर में चौराहे पर टँगा है। रोली ने इतने कम समय में ही मन के किसी गहरे कोने में तय कर लिया था कि छुट्टी लेगी और पौधे को लेकर गाँव जाएगी। घर फ़ोन मिलाया। मम्मी से बात करने की इच्छा थी सो नहीं हो पाई। पापा और भईया से ज़रूर हुई।

भईया ने बताया, इस बरस पाँच सौ पॉपलर के पेड़ और इतने ही यूकेलिप्टस के पेड़ मैने अपने सारे खेतों की मेड़ पर लगाए हैं। रोली को बात, ना जाने कैसे, बनती हुई लगी, पूछा- नीम क्यों नहीं लगाए ?

नीम, आम तमाम में बहुत समय लगता है, पचासों साल। पॉपलर पाँच साल में तैयार हो जाता है। इन लकड़ियों का बाज़ार भी तगड़ा है।

पर उससे तो जलस्तर कम होता है ना।

तो? अभी तक खाना नहीं खाया। ऑफ़िस से कितने बजे छूटती हो। प्रकृति से पहले अपनी फिकर करो।

पापा से अधूरी बात हुई क्योंकि बीच में ही पापा से मिलने आरा मशीन वाला किसी ठेकेदार के साथ आ गया था। वैसे, जब उसने पापा को अपनी समस्या बताई और कहा कि वो छुट्टी लेकर घर आना चाहती है। पापा ने अभी छुट्टी लेने से मना किया और बताया कि तुम्हारे जन्म के साल जो शीशम के पौधे लगाए थे, उसी के ख़रीददारन हैं। पापा ने कहा, छोड़ना तो नहीं चाहिए पर अभी काम पर ध्यान देना ज़रूरी है इसलिए वहीं कहीं सड़क पर पौधे को छोड़ दो और भगवान से माफ़ी माँग लेना, किसी मन्दिर में दस -पाँच रूपए का कुछ प्रसाद चढ़ा देना।

पापा और भईया से इस कदर नाराज़ थी कि उन्हें माफ़ भी नहीं करना चाहती थी। बहुत देर तक पौधे के पास फ़र्श पर बैठी रही। उसके उन पत्तों को सहलाती रही पकड़ कर सुबह तब उठा लिया था जब माली ने अपने बुढ़ापे के दलदल में सड़ते होने के बावजूद नाजायज़ बातें कही थीं। नीम के इस कोमल पौधे से उसका यह जुड़ाव उसे भी समझ में नहीं आ रहा था। वो उन निठ्ठले समाजशास्त्रियों की तरह सोचना चाह रही थी, जो कुछ ऐसे कारण

ढूँढने का काम करते हैं जिनका सच से कोई लेना-देना नहीं होता। जो मित्रता को एक ज़रूरत बताते हैं और उत्साह से रिश्ते निभाते चलने को भी मानव मन की चालबाज़ी समझते हैं।

वो ख़ुद कुछ ऐसा ही तर्क जमा करना चाहती थी, मसलन पौधे से उसका जुड़ाव महज़ उसके अकेलेपन से उपजा एक बेतुकापन है। जबकि सब जानते है, वो अकेली नहीं है। इसी सोच विचार में अपने मन को बेहद कठोर कर उसने पौधे से कहा- आप महाराज, रविवार तक इंतज़ार करो, मेरे हाथ से पानी पीते रहो, इस घर की धूप सेंकते रहो, रविवार को मैं आपका कुछ करती हूँ।

रविवार कोई बहुत दूर नहीं था। उपाय दरअसल पापा ने अनजाने में ही सुझा दिया था। मन्दिर। रोली ने ज़रुर अपनी तलाश का दायरा हर तरह के धार्मिक स्थलों तक रखने का पक्का इरादा किया था। उसके ज़ेहन में खुले-खुले मन्दिरों तथा पेड़-पौधों से घिरे मन्दिरों के भरपूर चित्र थे। उसने अपना माथा पीट लिया कि यह उपाय उसे अब तक सूझ गया होता तो इन महाशय को पॉलिथिन में बन्द थोड़ी-सी मिट्टी में गुजारा नहीं करना पड़ता।

रविवार आया। आम रविवारों से अलग, आज रोली उसी तत्परता से तैयार हुई और नाश्ता लिया जैसे वो ऑफ़िस जाने वाले दिनों करती है। पौधे की पत्तियों तथा डंठल को गीले सूती कपड़े से पोंछकर तैयार कराया। आज ऑफ़िस की बस कहाँ थी जो पौधे महाशय को खिड़की वाली जगह मिलती। रविवार की सुबह भी बस में ऐसी भीड़ थी कि रोली ने नीम राजा को अपनी गोद में बैठा रखा था। वो नामुराद, पता नहीं जुदाई के 'ज' से भी परिचित था या नहीं, उचक उचक के दिल्ली के नज़ारे लिए जा रहा था। जैसे किसी पाँच छः वर्ष के बच्चे को उसके माँ-बाप हॉस्टल छोड़ने जा रहे हों और वो बच्चा आगामी बिछोह से अंजान, पूरे रास्ते मस्ती करते जाए। जबकि माँ-बाप ख़ूब समझ रहे होते हैं।

भव्य अक्षरधाम मन्दिर के बारे में सुनती आई थी। बेतरह ठुँसी हुई बस में डेढ़ घंटे की यात्रा के बाद यहाँ पहुँची और पहली नज़र में उसे लगा किसी शॉपिंग मॉल में चली आई है। पर उसने टिकट तो अक्षरधाम का लिया था। पता लगाया तो पाया कि आँखों को चुभती यह बेडौल और वीभत्स इमारत ही वह प्रसिद्ध मन्दिर है। सौन्दर्य के जिन सूत्रों को आधार बना इसका निर्माण हुआ था वो रोली की निगाहों को टिकने ही नहीं दे रहे थे। फिर तो रोली को इसका कोई अफ़सोस नहीं हुआ कि यहाँ खाली धरती का कोई एक टुकड़ा नहीं है। उसे इस बात का ज़रा आश्चर्य ज़रूर हुआ कि ऐसे मन्दिर भी होते हैं!

देर तक मन्दिर पर बैठी रही। थकान और ठंडक से उसे नींद आ रही थी। दिवास्वप्न के लिए अचूक माहौल तैयार हो चुका था पर उसने अपने आपको इस जाल से बाहर निकाला। नीम के पौधे के प्रति बिना किसी वितृष्णा या खीज के यह निर्णय लिया कि यहाँ से सीधे यमुना जाएगी। उसे कैसे तो यह एहसास हो गया कि अब मन्दिरों की तलाश में सिर्फ़ समय ही जाया होगा। आज का रविवार बीता तो फिर इस

पौधे का भगवान ही मालिक है। नहीं, भगवान नहीं, पता नहीं कौन मालिक है?

बस स्टॉप पर भीड़ थी कि कह रही थी आज नहीं तो कभी नहीं। बस आती, लोग चढ़ जाते और रोली अगले बस का इंतज़ार करने लगती। उसे ऐसी भीड़ में चलने का अच्छा ख़ासा रियाज़ था पर आज साथ में पौधे के कारण सावधान थी। सवारियाँ आतीं और बस में चढ़ने के पहले पहले तक रोली को देखतीं। चिलबिल धूप से रोली और पौधा, दोनों ही परेशान थे। लोगों का देखना उसे इसलिए बुरा लग रहा था क्योंकि सारी सावधानी के बावजूद पौधा अपनी मिट्टी से हिला हुआ और पीला लग रहा था।

बयान के बाहर जैसी मुश्किल से रोली को बस मिली और उससे भी ज़्यादा मुश्किल से मिली एक पैर टिकाने की जगह। दूसरा पैर बस में मौजूद हवा में टिका हुआ था। जब वो थक जाती तो किसी सहयात्री के पैर पर हल्के से अपना पैर दो तीन क्षण के लिए रख लेती और सहयात्री के मिनमिनाने या हिनहिनाने से पहले ही पैर उठा लेती थी। पसीने और धूल-धुएँ से परेशान रोली एक हाथ से कोई सहारा थामे थी

और दूसरे से पौधे को ख़ुद से लगाए हुए थी। पौधे को भी ऐसी भीड़ की आदत नहीं थी, वो डरा-सहमा मुरझाया रोली के सीने से चिपका हुआ था। वैसे जैसे एक बार हॉस्टल की तकलीफ़ झेल लौटा बच्चा दुबारा जा रहा हो। रोली को गुस्से वाली हँसी आ रही थी। मन हो रहा था किसी को भरपूर डाँट लगाए।

यमुना के करीबी बस स्टॉप पर वो हादसा गुज़रा, जो न मालूम सही हुआ या ग़लत। रोली की सावधानी में कोई कमी नहीं थी बस अनुमान ग़लत पड़ गया। जिस ऊँचाई से पौधे को उसने पूरे रास्ते थामे रखा था, वैसे ही वो नीचे उतर रही थी। जब किसी ने कुछ नहीं देखा तो यही कहेंगे कि कन्धे से टंगा बैग उतरती भीड़ के रेले में फँस गया। उसे खींचने के लिए वो पलटी ही थी कि पौधा गिर गया। रोली को लगा होगा चीखने से पौधा मिल जाएगा और उसने ऐसा ही किया। उसके शोर का ही प्रताप था कि कंडक्टर भी वहाँ आ गया। पर इतने समय में पौधा फर्श पर गिरकर फूट चुका था। उतरने चढ़ने वालों के पैरों से कुचला हुआ पौधा किसी तरह वो उठा पाई। कोमल पत्तियाँ क्या इतनी कमज़ोर थीं जो पैरों के वज़न तले सुड़क ली गईं?

रोली की चीख़ से या पौधे की यह हालत देख बस की भीड़ भी उदास और ख़ामोश हो गयी थी। एक यात्री ने नीम के कुचले पौधे की टूटी गर्दन को सीधा करने की एक दो कोशिशें कीं। कंडक्टर ने भी ड्राईवर से चलने को तभी कहा जब रोली बस से उतर गयी। उतरते हुए भी रोली ने टूटे पौधे को पकड़ रखा था।

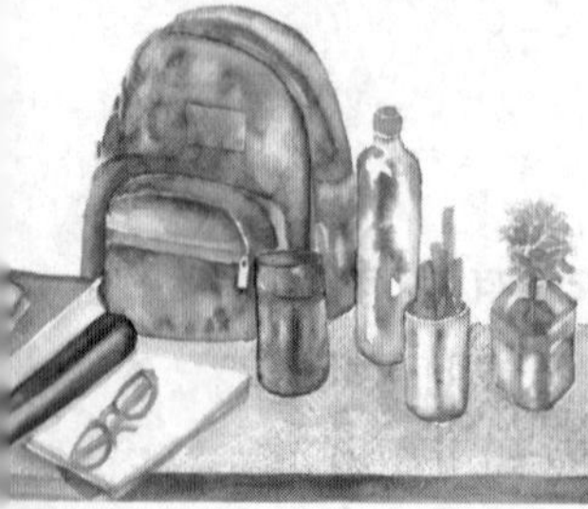

आपकी कहानी